# 國境之西

新疆公安边防官兵
和他们守卫的疆土（上）

航月 著

中国财经出版传媒集团
中国财政经济出版社

**图书在版编目（CIP）数据**

国境之西：新疆公安边防官兵和他们守卫的疆土．上／航月著．—北京：中国财政经济出版社，2016.8
ISBN 978－7－5095－6659－6

Ⅰ．①国… Ⅱ．①航… Ⅲ．①纪实文学－作品集－中国－当代 Ⅳ．①I25

中国版本图书馆CIP数据核字（2016）第047881号

责任编辑：潘　飞　　　　　责任校对：甄　飞
责任印制：刘春年　　　　　版式设计：丁丁图文

中国财政经济出版社出版
URL：http://www.cfeph.cn
E－mail：cfeph@cfeph.cn

社址：北京市海淀区阜成路甲28号　邮政编码：100142
营销中心电话：010－88190406　北京财经书店电话：010－64033436
北京时捷印刷有限公司印刷　各地新华书店经销
787×1092毫米　16开　19印张　229 000字
2016年8月第1版　2016年8月北京第1次印刷
定价：88.00元
ISBN 978－7－5095－6659－6／I·0138
（图书出现印装问题，本社负责调换）
本社质量投诉电话：010－88190744
反盗版举报热线：88190492　88190446

# 序

## 如果边防不站哨，我们距离平安有多远

# 写在爱民固边十周年

### 一、结婚是一种跨距离相见：你在天边，我在边防

没有父母在现场祝福，只有国门、界碑、和平鸽见证着10对新人的婚礼。2011年7月22日，在中哈边境67号界碑前，新疆公安边防总队吉木乃边检站的10名官兵与新娘在界碑前合影，以此来纪念他们走向婚姻的殿堂。因为她们的新郎没有时间回老家办婚礼，10名新娘从全国各地集中来到吉木乃边检站，为她们的人生留下了最难忘的一天。

2014年7月30日，在5100米的帕米尔高原中巴边境7号界碑前，5对新郎新娘接受来自新疆最高海拔的新婚祝福。他们面对的界碑后面是白雪皑皑的昆仑山脉，白色的婚纱和绿色的军装组合成白色与绿色的婚姻誓言。5位新郎也因为没有时间回家成亲，他们的新娘奔赴红其拉甫跟她们相爱的军人成亲。在婚礼现场，没有父母、亲人的祝福，只有雪山、界碑见证着他们相爱的幸福时刻。

在边防，这样的结婚方式已经不新鲜。

只有没去过边防的人才会觉得结婚的形式可以推陈出新、层出不穷。在边防，领了结婚证几年却没有时间办婚礼的官兵太多，太多就成了一种习惯、现象。许多军嫂从没有体验过结婚蜜月，没有穿过婚纱，没有享受过跟丈夫出去旅游的心情。许多边防官兵也从没有听过自己孩子在母亲肚子里的心跳，没有哼着摇篮曲唱着歌哄着孩子睡觉，没有一天天看见自己的孩子成长的经历，没有看到过妻子穿裙子的样子。

这就是当今的军嫂们生活里的真实镜头，这个镜头远离着我们普通人的生活，也远离着我们当下人的记忆。

当边防被边缘化后，边防就是一个遥远的冷清的边关。边防官兵就是这个遥远背后的现场，他们在自己的现场执勤、站哨，坚守国门和界碑。他们用坚守的时间陪伴边境线上的百姓，护送从国外回家的同胞。陪伴成了另一种意义上的职责，是他们习惯了的职责里的一种没有血缘关系的温暖。

如果我们问问自己，你还会像几十年前读边塞诗那样，想起眼前世界里的边防官兵吗？可能我们无言以对，因为他们距离我们太遥远，我们身处平安，我们身处安全的环境忙碌，无暇想到这个问题。

如果没有他们在冰雪达坂、炎热夏季、刮大风的春秋默默站哨，我们的平安感从而何来？

从古至今，边塞都是荒凉、寂寞、远望、伤愁，举家难迁，只可想

念却难以到达的地方，是边塞诗人感慨的地方。汉魏六朝时已有一些边塞诗，到隋代的时候不断增加。边塞诗大多描写边塞风情，更多的是战争带来的各种矛盾，如离别、思乡、闺怨等。唐朝大诗人李白最早把这种孤独的情怀写进《关山月》里：明月出天山，苍茫云海间。长风几万里，吹度玉门关。汉下白登道，胡窥青海湾。由来征战地，不见有人还。戍客望边色，思归多苦颜。高楼当此夜，叹息未应闲。

李颀的《古从军行》：野营万里无城郭，雨雪纷纷连大漠。胡雁哀鸣夜夜飞，胡儿眼泪双双落。

岑参的《凉州馆中与诸判官夜集》：弯弯月出挂城头，城头月出照凉州。凉州七里十万家，胡人半解弹琵琶。琵琶一曲肠堪断，风萧萧兮夜漫漫。

除了边塞诗描写边关的悲凉、悲壮、悲情、豪放。百度搜索里关于边防的文字也跟遥远、守边、坚守、付出有关。“边”字最早可追溯到春秋战国时期，在秦汉时期已经大量出现。如表示边防地域的概念有“边疆”“边陲”“边围”“边鄙”“边裔”等；表示边防任务和设施的概念有“戍边”“屯边”“边塞”“边寄”“边尘”“边遽”“边警”等；表示边防部队和官员的概念有“边骑”“边吏”“边将”等。第一次提出“边防”概念的是《新唐书·兵志》：“唐初，兵之戍边者，大曰军，小曰守捉、城、镇……此自武德至天宝以前边防之制。”唐朝确立的边防制度系统严密，其精要之处为以后历代所承袭，“边防”的概念也一直沿用至今。到了清代，则把陆地边防称为“塞防”，把边防哨所谓为“卡伦”，把边防巡逻称为“巡边”“察边”，称界碑为“鄂博”“界牌”。

“边”字里面坐车的“力”字像甲骨文，又是象形字。一个人用力拉伸自己的身体被迫在车里行走。那是比苦力还艰难的车行，但他是边防的代名词，只生在大漠荒原里的词汇。

只要在边防线，那种跟城市跟大海距离遥远的天边感觉就会存在于你的内心，在孤独的世界里，只有石头、沙石被大风吹起的黑夜，隔着海拔雪山遥望着自己心爱的姑娘时，每个人都成了诗人：姑娘，你在天边，我在边防。

## 二、回家是一种远望：你在“鸡腹”，我在“鸡尾”

早前，我听一个老兵讲他父亲的父亲守边的故事。

他说，中国的地图很早前是海棠叶子的形状，他爷爷辈的老兵那时在边关想家时，就把怀里揣着的中国地图的海棠叶子形状拿出来，看一遍流一次泪，再看再流泪，那是他们那一代老兵想家的方式。等到老了回到家了，新的中国地图出来了，是一个公鸡的形状。海棠叶子滚圆的叶脉部分都被消减成洼陷的部分。爷爷在家里看着公鸡地图倒地大哭，他们这代人用生命、青春守防的疆域在不知不觉中挖去了饱满的部分，就像挖走了他们血红的心脏。

讲故事的人讲述父亲的父亲故事后，泪眼涟涟。他是他家的第三代边防兵，他的心里不仅装着自己的边防故事，也装着祖孙几代人的边防情结。

他说，真的，中国地图最早是海棠叶子的形状，是滚圆的，饱满的。它是一点点被吃掉的，刮去的。

这是我最早知道的中国地图的故事，也是关于边防老兵想家的故事。故事里的上一代边防老兵已经化成尘土，不知魂安哪里。而故事里上一代老兵们坚守边防的影子一直在我眼前晃动，那也是一片海棠叶子的晃动。

2012 年我去新疆下马崖边防派出所采访，这是我第一次近距离接

触边防线。在这次采访里，我住在派出所的办公室里。当时还是老房子，没有冲水厕所，没有洗澡的地方。旱厕在一片老坟堆里。其实当时我并不知道这个秘密。如果知道，我会选择在哪里去上厕所？

下马崖距离哈密100多公里，之前的官兵回不了家是因为路难走，回家的时间都耽搁在走路赶车上了。后来路修好了，还是回不了家，是因为工作忙回不了家。

后来我在那里采访周边的牧民、居民才知道，边防官兵们大多时间都忙碌在当地百姓家里了。老百姓家的羊跑丢了，派出所帮忙去找；家里的东西没有了去派出所拿；工作没有了找派出所帮忙；洋葱、哈密瓜推销不出去也找派出所。户口问题找派出所，车辆检查也找派出所。

在下马崖76岁的图尔干老人家里，我问关于派出所的事儿，他就指着满园子的杏子树说：这些杏子树都是派出所送来的苗，还有核桃树。他站在核桃树下，手拽着有核桃的枝桠，派出所给了两棵核桃树，一棵死了，这棵长得很好。

核桃树挂满了果，绿色的胞衣裹着核桃的内核，秋天这棵核桃树就丰收了。看见满院子的果树，老人喜不自禁。我的院子里的果树都是派出所送来的。他用汉语讲解着，他讲解的样子透露出幸福的表情。

图尔干老人说话的时候，他的儿媳妇会给客人们端来奶茶。清香的奶茶飘溢在房间，老人的妻子坐在炕上，慈祥地听她的老伴给客人们讲述派出所的事情，时不时地她还插上一句作补充。

图尔干老人的儿子在下马崖的牧区放羊，不方便回家，派出所派车总是把他们老两口送到牧区跟儿子见面。老人有病了，派出所给医院打电话把他们送到医院，老人儿子的羊丢了，派出所帮忙把羊找回来。他们跟派出所的感情就像一家人。只要老人需要，派出所就派人来了。

刘家智的爱民商店，是下马崖第一个商店，也是唯一的汉族人开的商店。说起他家的爱民商店，刘家智老人脸上的骄傲遮盖住了岁月留下的痕迹。他想表达的东西太多，多得让他来不及从哪里说起，只是一个劲地说，派出所做的好事太多了，多得数也数不清。

1980 年，派出所看到“邻居”刘家智一家 8 口，光靠种地生活太艰难了。边防支队就想办法凑了钱，帮刘家智开了个小商店，小店的货是派出所从哈密运来的，连货架也是派出所买来的。商店开起来后，刘家智一家 8 口的日子慢慢滋润了。为了感谢派出所的官兵，刘家智就把小店的名字改成“爱民商店”。这个爱民商店养大了他的 5 个儿子。

现在刘家智总是逢人就说，我的 5 个儿子，4 个当兵，当兵的原因来自派出所，是邓伟所长给我做工作，让儿子上部队去锻炼。这一锻炼，让我家出了 4 个兵。老大还在甘肃陇西当团长了。

我看到边防百姓最温馨的一面后，再回到派出所一一问其他的官兵。

忙了老百姓的家，就回不了自己的家。想家吗？

还是教导员的李勇，说自己太亏欠家人，说时已泣不成声。

最爱笑的王毅也笑不出来，想着奶奶哭泣起来。

男人们的嚎啕声喊在黑夜里，也喊在远离的家门里，还喊在茫茫戈壁上的中蒙边境线上。他们不是不想家，有家也难回。

2012 年的夏天，我才第一次知道了边防官兵回家难的真实故事，我刚刚知道，很多很多人还未曾听说，也从不知道。边防线离你很远，你的脚踏不进去，就无法知道真实。

在边防，只要说起老百姓，每个官兵都滔滔不绝，熟悉百姓家的东西比自己家的东西都多。

只要问起想家的话题，所有的官兵都沉默了。亏欠家人的话题一旦

打开，坚强的官兵再如何坚硬也抵不过他内心的那份柔软，他们会控制不住地开始流泪。即使眼泪旋转在他们的眼眶，他们使劲地使劲地控制不让眼泪掉下来，而泪水分明就挂在眼角，你挥之不去。

这样的催泪弹我在 2015 年 10 月行走新疆边防线时，再抛出去，仍然是哭倒一大片。

在 2015 年 11 月 2 日的伊尔克什坦，我把我见到的刘家智、图尔干的现场讲给杨子江政委听。在没有灯光只有蜡烛的餐桌上，吃饭的官兵都在听杨子江政委说：我去下马崖当教导员时，有一天，一个老人进门就说，找个人帮我去铺一下地膜。

我抬头看看他，你胡说什么？

那个人撂下一句话，你这个当官的不如原来的好。关门就走了。

我们都笑了。

杨子江政委再说：刘家智走了后，我才把情况了解了。原来下马崖边防派出所官兵跟百姓就像一家人，什么都帮忙干，派出所的官兵等于是刘家智的干儿子了。

2015 年 11 月，我再次见到刘家智老人时，说起杨子江，他笑着说，杨子江呀，好人一个，还记得我。

在伊尔克什坦，杨子江已经十多年跟妻子和孩子过着两地分居的生活。他像一个赶路人，在他的边防行程中，一个个更换着角色，更换着远离家人的距离，也更换着他回家的距离。

## 三、陪伴是一种奢侈：你在等候，我在坚守

在新疆边防线上的每一个点，进门抬头都能看到笑脸墙、幸福墙。墙上贴着边防官兵跟家人的合照。合照上的一家人坐在一起，站在一

起，笑在一起，幸福在一起。

离开笑脸墙和幸福墙，所有平淡的边防生活是在每天按部就班的日子里一天天度过的。

笑脸墙后面不都是笑脸，好多笑脸背后的苦涩生活都留给了自己。

在库勒拜边防派出所，加依娜尔从门口进来，她笑着跟我们打招呼聊天。30 多岁的人了结婚 5 年了还没有孩子，她住在所里，一个月跟丈夫见不上一面。

你丈夫在哪里工作，可以调在一个县城方便些。

他在其他边防派出所，离我 150 多公里，很难见面。

想要孩子也见不上面?

是的，见不上面，医生让检查，都没有时间一起去。

你丈夫叫什么名字?

加那提。

就是在铁热克提边防检查站的那个加那提？我刚从那里过来，他说他媳妇也在派出所，两个人干相同的工作，所以没有时间见面。谈起加那提，我一下子跟加依娜尔的关系更近了。

他能说会道，会跟你说好话吗?

他会让我开心，但是说再好的话也解决不了啥问题。我们想要孩子，他忙，我也忙。我刚来库勒拜，就我一个女的，就一个厕所不分男女。我上厕所还得其他的人帮忙站哨。晚上睡觉床上都是老鼠，我吓得大哭。给加那提打电话，他说，亲爱的别怕，明天我来帮你抓。

加依娜尔似乎回到了她原来生活的现场，抹着眼泪。

我就边哭边跟加那提发火：你说让我过来，我调过来了你也不来看我，把我弄到这么多老鼠的地方，还不过来照顾我。

两年前这里连羊都随便进进出出，房子破旧，工作量大。每天下管区还要解决牧民喝酒打架的事。我当时哭得真的很伤心。一个女人，白天还要下辖区做外勤，晚上连个安慰的人都没有，结婚跟不结婚没有什么区别。

加依娜尔流泪说起她的委屈时，她身上的坚强就剩下她的警服，她的坚强还在她跟加那提在一起幸福地牵着马的照片里。她是个女人，女人也很软弱，女人需要照顾。她需要的照顾都在她和加那提彼此忙碌的工作里。如果我不提起加那提，不提起她过去的生活，也许那些硕大的老鼠就不会再次勾起她的回忆，她想要孩子却要不上的急迫心情就不会马上立竿见影地展现出来。

做个军嫂已经很无奈很无助，做个边防女兵又是军嫂，时间上的不自由又额外增加了一层。

在边防，除了坚守，其他的设想都不是他们本身想要就能要的。

新疆边防线上的派出所差不多都远离市区，在边远的地方。库地边防检查站到现在还没有彻底解决照明电的问题。太阳能电热板只能在有阳光的天气才能聚下热能供晚上使用。如果天气阴下雪，太阳能板就聚不了多少发电的热能。柴油发电机用油太贵，他们舍不得长时间使用。不到万不得已，他们不开柴油发动机。他们用的网络信号也是才接上，之前跟外面的信息联络方式只有电话。

红山嘴边防检查站至今还借住在其他单位的办公楼。办公楼只有一层，也没有洗澡的浴室。被称为“五朵金花”的女警官只能几天烧些热水随便冲冲，如果天冷，烧热水冲冲的想法和念头就断掉了。

我去红山嘴的时候，刚下过一场入冬以来的雨，说是雨，是地面温度高，雪下来后化成了雨。阴冷、潮湿，去外面上个厕所都是一件艰难事。

寒冷中的绿色是门前的三叶草使劲地长出冬天的绿。大门口院子外面是官兵们开发的菜地，刚刚把小白菜、茄子、辣椒收割完毕。借住的地方也不能让一小块地闲着，借住的地方，8个人一间房子的宿舍，被子也像刀劈出来一样的。

岔哈泉边防派出所到现在还是旱厕，夏天蚊虫叮咬，冬天寒风彻骨。在农牧民都搬进安居房后，边防线上的上厕问题还没有得到解决。

库勒拜边防派出所不远的地方是全国最大的桦树林，那里是他们的管区，是其他的外勤的管区。加依娜尔下管区经常从那里路过，却从没有时间去看看风景，我也没有时间去桦树林看看深秋后的桦树。

距离他们不远是额尔齐斯河，这是中国唯一一条流入北冰洋的河流，加依娜尔没有时间去欣赏，我也没有时间去。

额尔齐斯河不需要等待，也不需要怀孕。她流向了她要去的地方，自由奔流，到达北冰洋。她到达北冰洋的流向里不需要眼泪，她一路狂奔，用所有她喜欢的方式进入、深入、注入。

### 四、爱是一种疼痛：你无奈离去，忧伤了我的心

东疆哈密边防支队的心理咨询师王晓燕告诉我，在边防线上每年她都跟总队的医疗队下到边远的站点对官兵进行体检，遇上有心理问题的就帮忙进行心理干预。她在南疆的一个边防派出所，碰到一名边防干部，每天总是哭泣，临走时，她问这位干部，你有事吧？

他说：没事。但是眼泪在眼圈里打转。他没有告诉王晓燕需要心理治疗。

王晓燕回到哈密后的一年都在想着这个想流眼泪又没有流下来的干

部的那种神情。她知道，在他身上一定有故事，很难告诉别人的故事。

第二次，王晓燕刚好又碰见他。她主动找到他，对他说：我一直牵挂着你，觉得你内心有事。

我儿子是脑瘫，妻子把儿子看病的钱卷走不回来了。儿子现在的治疗是母亲带着去的，儿子才4岁。我一年才能回家一次陪儿子，我把所有的工资都用在儿子看病上了。我不想让单位知道，让大家同情我。

王晓燕把电话留给了这位干部，告诉他需要帮助的时候请打电话，想交流的时候也请打电话。现在儿子的病情有所好转，他的心情也好很多。

在王晓燕看来，好多夫妻的离婚原因都是因为边防工作性质复杂，忙碌，跟家人见不上面。见面了缺乏沟通交流，不会关心对方并把自己的心里话藏起来不愿跟妻子说。还有的是家里介绍的，只见一次面就在农村结婚的，彼此差距大，文化层次不在一条线上，说不到一起。有的官兵在工作中辛苦劳累，回家就想睡觉。如果睡觉，又会跟妻子发生争吵。有一些官兵如果回家发生争吵，就不想回家，时间久了，无法沟通成了离婚的首要理由。

在南疆的路上，我跟叶城大队的邱士中副队长讨论边防军人的离婚问题。他说，还是见面少的原因。

你说，谁愿意一年365天见你一次？她需要帮助的时候，喊天天不应叫地地不灵，叫你你不在身边；孩子大人有病的时候，要你回家你回不了家。你说，你是个男人，你是家的顶梁柱，在这个家最需要你的时候你都不在身边，要你干什么？

我说，你很清楚这个问题。

他有点忧伤地说，我就是因为这个离婚的。

库地的于金勇也是因为长期分居回不了家离婚了。他不想告诉你他离婚了。

我说，难怪我问他关于家庭时他不想回答这个问题，原来是这个。

在我脑海里马上蹦出来几个采访过的也是因为长时间不能回家造成离婚的官兵的名字：卡拉苏的政委白宝平，阿拉山口的副政委赵强，托里的杨超……那是写着一排排心酸又无奈的边防官兵的名字。

在车上，一直听我们讨论离婚问题的开车班长，他说，我也是这样的离婚情况。你不要告诉我的领导，我不想让领导关心我。让我成为困难户，再介绍对象。

我说，我保证不说。

然后我们不说话了，离婚是一个很沉重的话题。开车班长还很年轻，长得很帅，有 10 年的开车经验。

他说，过几年他退伍了，去昭苏草原找个便宜的房子租下来，过一个清净的安逸的生活。不需要吵架，翻脸，冷战。一个人过一辈子都行。因为他是农村兵，退伍了也没有多少补贴。当兵到现在，全国的房价一年撵着一年涨，农村兵的补贴连房子也买不起。租个房子想住就住，不住了可以走人。

他关于未来生活的计划让我心酸，一个在边防 10 多年的农村兵，退伍后的费用连娶个媳妇都困难，想买房更不用考虑。

昭苏草原很美，天马的故乡，那里骏马彪悍、牛羊成群，黑土地上有 300 多种野花开放，是一个可以放逐心灵的地方。我希望开车的班长能在那里找到爱他的美丽姑娘。他应该在他人生最美好的阶段，有一个美好的家庭。

“我忙着忙着就把自己剩下了，还成了困难户。不过我即使被剩下

了，也不想随便找一个人凑合过日子。婚姻需要爱，彼此理解包容。”

红山嘴执行科副科长姚林，在聊天的时候，很少表达自己的内心。他的内心很干净，很纯粹，对婚姻的期望仍然态度明确。

1985 年 3 月 19 日出生，2004 年高考进入廊坊指挥学校的他 4 年后被分到都拉塔边检站做检查员，2012 年调入红山嘴执行科。

军校毕业后希望的生活是，稳定的工作，结婚生子，陪伴父母、妻子孩子度过美好的生活。他希望的所有幸福美好的陪伴家人的生活都没有出现在他的生活里。

他高中谈了 8 年的对象因为没有时间经常见面在 2010 年分手了。分手 1 年后，女方结了婚，有了孩子。他偶尔听到对象的名字，心中很深的伤口似乎被揭开，没有人看见这个伤口流血。只有他在寂寞时偶尔想起曾经的她，这种伤口会隐隐作痛。

## 五、边防就是热爱：你付出了青春，我坚守着国门界碑

每一座界碑注就你的忠贞，每一串脚印写出你的勤奋，

每块山石倾入你的爱恋，每枚小草在记忆中珍存，

就在昨天你给哨所敬最后一个军礼，

就在今晨你给战友道最后一番叮咛，

带走多少个日夜的火热，留下两行热泪闪烁的思念，

你用青春最辉煌的一段生命，染红边陲的一方碧空，

再握一次吧滚烫的双手，再一次紧紧的拥抱，

当你踏入社会新的战场，莫忘军人的赤诚。

——一个边防老兵送给老兵的歌《边防老兵》

这是一个边防老兵自己创作的歌曲，自己弹着自己演唱。他的歌声唱疼了我的心脏。如果从没有去过新疆边防线，我会在一种平淡的日子里继续过着自己悠闲的生活，不去馈赠军人，也不会馈赠边防的哨所。

去过新疆边防线后，我就能在广西边防线上的官兵梁史卓的文字里读出他对遥远的红其拉甫生活的理解。

“试想，当你每天面对着一样的人，重复着一样的事情，梦里看到的变化莫测，醒来之后却连窗台上的那颗尘埃都依然停在昨天的那个地方，风依然是那个方向，就连每一次呼吸都和过去那么默契雷同，你怎能不去怀疑活着的意义？

军人绝不惧怕战争的血腥和残酷，但比战争更让人恐惧的是孤独，那种遥远和枯燥带来内心的孤独以及孤独在吞噬魂魄的声音。高寒缺氧，巡边驻防，在这内心的煎熬面前，大概都不值一提。多少青春在那里盛开后枯萎，多少父母在他们离去的时光里双鬓斑白，又有多少爱恋面对4000米的海拔望而却步？

甚至有人质疑军人在这个时代里存在的意义。这些质疑抛给我们的时候，我选择用沉默应对，这是军人的姿态，如若有天发难的人踏足红其拉甫，走近红站官兵的世界，我相信他会发现自己的无知和可笑、浅薄和空虚，最终看到那个面目全非陌生的自己，这些都无须寻根和说明。”

大海和高山，南方和北方，是一种对比着的高度。

一个年轻的海边的边防官兵对海拔的理解超过了自以为是的评论家、只说不做的口舌人。

红其拉甫前哨班的营房后面有一块战士们捡回来的风化石，上面是战士们写的：幽兰无人识，晓自芬芳。石头下面是高原上野生的草，还有两枝三角梅，开着紫色的艳丽的花朵。这是白雪皑皑、高山缺氧、帕米尔高原寒冷的自然中我唯一看到的绿色和绿色上堆满的花。三角梅的花朵会簇拥着长在一起，一朵一朵地在一起。我赶快用手机拍下来并发到了微信里。

下山后，红站的站长刘晓峰问我：航老师，你看到我们前哨班有两样特殊的东西没有？

我说看到了呀：野草和三角梅。三角梅是深圳的市花，也叫勒杜鹃，怎么长在你们前哨班了？野草是种的还是自个长的？

刘晓峰特高兴，他高兴因为我观察到了他希望我看见的东西。这个东西不需要任何人告诉你，你自己用心去发现就好了。

他说，这两样东西都是自己野生的，草是自己长出来的，三角梅是自己长出来的。

我惊讶于这两种草生植物的坚强，在5100米的帕米尔高原，在雪天寒冷的高原，在人类缺氧寸步难行的高原，它们顽强地活在那里，把简单的绿色和浓艳的紫色肆意张扬地开放在那里。

那野草的绿色像边防绿，在最艰难的海拔也能长出自己的颜色和精神，长出自己的灵魂和气魄。

他们是这个时代最和谐的颜色。

这样的和谐颜色是用边防官兵的青春换来的。

我们再假设一次，如果边防不站哨，我们距离平安有多远？

仅仅2015年的7月3日，吉木乃边检站成功缴获走私熊皮1张、熊掌35只，冬虫夏草15.66公斤，价值达400多万元；8月6日，塔克什肯边检站缴获狼牙167个，狼髀石345个，猫头鹰爪5对，涉案价值达50多万元。

吐尔尕特边防检查站与口岸海关联手查获一起特大走私案，共查获羚羊角35箱，4470根，马匹6匹，涉案金额高达1.4亿元。

这是看得见的数字，看不见的数字是所有新疆边防线上的护边员，有的是四代护边员、三代护边员、两代护边员。他们骑着自己家的马、毛驴、摩托车在荒漠里、人迹罕至的边境线上成为边防线上的“摄像头”和“鹰眼”。他们用另一种边外警察的身份，提升着今天我们平安生活里的幸福指数。

当我们今天感觉幸福的时候，当我们生活在平安的空气里忘记边防有人为我们站哨，忘记有人用青春和生命的代价为我们坚守国门守卫界碑时，我们应该感谢边防官兵，并向边防官兵致敬。

# 目录

## contents

# 开篇

## 从一个女兵
## 眼泪里启程的新疆边防线

### 一

如果不是2015年10月17日从深圳开始起飞到新疆乌鲁木齐，再从乌鲁木齐到阿勒泰穿越北疆、南疆、东疆3万多公里的边防线行走，我对新疆边防线的认识和了解，也许仅仅限于2012年我去新疆哈密下马崖边防派出所的采访，或许更少。这种更少的知识面像中国的大多数人对司空见惯的中国大地上那些未知的已知的地名那样，似曾相识又从未曾进入。我们活在有限的地理知识和城市挤满人群的空间里，把国门、界碑、守卫、坚守等词语忘在了和平安宁的稳定生活里，也把人类最纯真最单纯的一种跟血缘亲情没有关系的边防情感冷藏在城市和乡村、高空和陆地、海拔和平原、沙漠和绿洲、贫困和富有的对比生活状态里。作为江苏支边人的后代，从出生就在新疆大地呼吸着草原新鲜空气长大的我来说，因为行走新疆边防线，才开始记住那些之前从来没有深入地去用脚步行走，也没有用记忆记住的长在新疆大地上的地名，村庄的名字，边防线上的名字。当我一度在海滨城市为自己是一个新疆人而自豪时，在新疆边防线的行走中，却为自己多年来身为媒体人、作家的职业感到羞愧。一个连自己省份里的地名都很陌生都没有听说过的新疆人，有什么理由用“热爱”这个词对身份外的人们赞美自己的家乡？

从想象的边防线到真实的边防线，从陌生的边防线地名到熟悉了它并把它当成一种界碑符号，一种重新生长的新疆地名后，我才把自己当作了一个真正的新疆人，并用世界窗口开放的眼光和胸怀穿越新疆边防线，开始跟一个个有感情的边防官兵对话，并从我站立的窗口真实地展开边境线上的真实故事。这些故事没有添加任何佐料，也没有故作任何虚构。这些故事在 2015 年的冬天从我的身体里开出一个巨大的切口，它用最原始的切割手段把带泪的、带血的、带爱的、带死亡的、带离别的、带新里程的边防绿都崭新地呈现出来，还原出来。它是我在后面的文字里的纪实，是过滤了想象、远离、亲近、妄为、离奇、幻想、猜疑而真实记录下的文字。

## 二

准确地说，把我从想象空间的边防线带到真实的边防线，是一个叫张旭蕾的女兵。她的父亲张玉贵是驻守在帕米尔高原最高海拔，建立红其拉甫边检站的第一任站长。从 19 岁到 40 多岁，张玉贵在新疆最高海拔 5100 多米的帕米尔高原带着十几个官兵坚守了 20 多年。从三块石头垒砌的灶台，刨冰取水，搭建简易帐篷的原始筹备期到在高原上有了第一个中国通往巴基斯坦的中巴通关口岸，有了全国第一家在高原上种植大棚蔬菜的历史。他把新疆边防线的故事从一种站立的姿势塑造成血肉顽强的边防坚守。我们的采访计划是从张玉贵开始的北疆、南疆、东疆边防行，而采访前却不知道张玉贵已经去世。

2015 年 10 月 17 日下午，从深圳刚刚飞过 3000 多公里到达乌鲁木齐后，我们的采访已经开始。新疆边防总队派带队陪同的宣传干事李康强，出版社的策划和责任编辑潘飞老师也一同跟随。虽然在见张旭蕾前已经通过李康强知道她的父亲去世 6 年多，我还是坚持要见到张玉贵的女儿张旭蕾。

张旭蕾人如其名，如朝阳中的花一般美

深秋的新疆乌鲁木齐一片秋黄，那种黄是从肺腑穿越到生命底部的黄，是一个在新疆长大的女子穿越青春岁月后把青黄的年华定格在亚洲中心的那种黄。黄叶是水白杨的叶子，它在深秋的风里穿过我的皮肤，让我这个新疆人感到丝丝凉意。

28 岁的张旭蕾从乌鲁木齐指挥学校的办公室里来到学校的会议室，她穿着一身军装，远远地从楼道的阴暗里向我走来，白白皮肤的脸因为有楼道的阴暗更显得白，黑色的头发梳成马尾状在身后摇摆着。她的笑容从迈出办公室的门开始一直向我张扬着，嘴角微微翘起，一直到我面前，那笑容开满白色的脸。

老师好！张旭蕾的声音从白色的脸部自然的嘴唇里发出。

跟女兵的握手是将要穿越 3 万多公里边防线的最初温度，我的手心里是张旭蕾手心的温度，轻轻浅浅的。

张旭蕾坐在我面前，我铺开的A4纸是早准备好的，纸张大，有病的眼睛可以指挥手把字体写得更大一些。

这个第一位采访的人本应该是你的父亲张玉贵，听说他已经去世几年了。我的采访从这句话直奔主题。

张旭蕾说，2009年5月10日父亲癌症去世的，一直到父亲走了都没有查出是什么癌。

也许是长期生活在高原的原因？听说他下山时已经身患多种高原疾病？

张旭蕾黯然地回答：不知道，北京的医院也没有查出来。

很抱歉当你忘掉痛苦的时候，让你再次回忆父亲。但是你的父亲是绕不开的一个话题，我还得重新提起他，并想知道，当你也成为一名边防军人后，你心中的父亲是怎样的一个父亲？我慢慢地开始问话。

我的父亲，张旭蕾停顿了下来，眼含着的泪水强忍着不让掉下来。

我咬着我的嘴唇，克制着张旭蕾带给我的泪水。

我的父亲，他是一个英雄，他很伟大。他在临死前都没有掉一滴泪，没有叫一声痛。我知道他疼得无法忍受，可他连呻吟一声都没有。

张旭蕾终于忍不住压抑的强忍的泪水，在一个陌生人的面前哭成泪人。

张玉贵去世之前张旭蕾从不了解父亲的职业，张玉贵也从来不告诉妻子、女儿、儿子他在高原上有多艰苦，雪盲症导致眼睛看不清楚也不说，在高海拔饭做不熟，水都没得喝，零下30多度还住着帐篷，这些家人都不知情。母亲也从不跟张旭蕾和哥哥讲关于爸爸在边防的工作。只有一次母亲在结婚纪念日给张旭蕾说了一段父亲的笑话，那是张旭蕾很小的时候。有一次张玉贵从高原上下来去学校找妻子，因为满脸沧桑，显得很老。学校的老师问张玉贵找谁，张玉贵说找唐老师。学校老师找到唐老师说：有个学生的爷爷来找你，你去看看什么事。唐老师走出校门一看，眼前的“学生的爷爷”是自己的丈夫张玉贵。她给女儿面对面讲着笑话，却背对着女儿流泪。8 月 15 日的结婚纪念日，父亲从没有时间跟母亲一起过。母亲给张旭蕾讲这个故事的时候，张旭蕾还不明白母亲讲故事的用心，她不知道母亲的讲述里是一个边防军嫂在寂寞的时间里等待丈夫回家的守候。张玉贵查出是癌症时，也没有告诉已经是边防军人的儿子和在警官学校上军校的女儿。直到自己离开的最后一周，他才把儿子和女儿叫到病床前。

仅仅6个多月，张旭蕾和哥哥见到58岁的父亲时，1米78的高个子、原来 70 多公斤的父亲已经瘦弱成小老头。张旭蕾趴在父亲病床前把自己整个哭成瓢泼大雨，那些大雨在她青春的脸上流淌着，奔涌着。

那个高大的父亲去了哪里？那个威武的父亲去了哪里？他直到死都不相信自己在 5100 多米的帕米尔高原能活 20 多年，下山后怎么会被死亡带走？

父亲去世之后，张旭蕾才开始去认真地了解边防了解父亲。夜深人静时，她眼前是儿时父亲回家后抱着她的画面，是父亲离家时母亲抱着她送别的画面。

她哭着喊着不让父亲离开的画面里，她的小手在隔空的楼道里追踪着父亲的背影，哭喊着，扑抓着。她抓捕的是父亲离别的笑容，是一个高大的背影。这个高大的背影一直在她成长的时光里空落着，撂荒着。

而另一个画面是母亲抱着张旭蕾跟休假几天归队的丈夫告别。爸爸别走，爸爸别走。在女儿撕心裂肺的挽留声里，母亲的眼泪已经

张玉贵生活、工作过的红其拉甫边检站前哨班

变成坚硬的壳，这样的相聚又分离，一年仅仅有几次，母亲怎么舍得流泪。

张旭蕾也成为一名边防军人后，在父亲去世以后，面对空空的寂寞的深夜，只要想起儿时的两幅画面，她就会一遍又一遍地哭。她哭自己和哥哥失去了父亲，也哭母亲没有了丈夫。

2013 年张旭蕾因工作去红其拉甫站调研，这是她 3 岁多时母亲带她去前哨班看望父亲后的再一次重归。这一次，父亲已经去世几年，20 多年后，她也成为一名 80 后的边防军人，她走在父亲坚守 20 多年的前哨班阵地，3 天时间，像过了 30 年。

走在红其拉甫前哨班父亲坚守过的每一个地方，张旭蕾在老兵的讲述中跟她心目中的父亲张玉贵无限接近，越接近，她的哭泣就越多，就感觉父亲没有离开一样。父亲在前面带路，她跟随着父亲的脚步往前走。帐篷搭建的痕迹、石头垒砌的灶台痕迹、刨冰取水的痕迹都在她眼前复活，复活成父亲40多年前的样子。她看不到新盖的前哨班新营区，也看不到陪伴她哭泣的老兵的泪水，她活在40年前，活在父亲年轻时的现场，然后她把哭声穿透帕米尔高原上的白雪，任凭风雪刮过她带泪的脸庞。

2015年6月6日，张旭蕾陪母亲再次去红其拉甫。这次母亲带着父亲的军装照，把父亲的照片抱在胸前。从乌鲁木齐到喀什，再从喀什到塔县到红其拉甫前哨班，母亲一直抱着父亲的照片，并向天上的丈夫默念每一处所到的地名。母亲知道父亲一定能看到他生前下山后再没有上得去的帕米尔高原，看到红其拉甫前哨班换了一茬又一茬的新兵。

陪着母亲再走红其拉甫前哨班的路，让张旭蕾把父亲走过的路走了一次又一次，每走一次，她对父亲的理解就多了一次，她心中对父亲的想念就多了一层。她把那些深深刻在她思念中的情感都洒在了去前哨班的路上。她要告诉父亲，她所理解的边防军人的付出、坚守、忍受寂寞是从父亲去世之后，可这个时间来得太晚。

在边城乌鲁木齐指挥学校，提起父亲就泣不成声的张旭蕾在我面前飘着流不尽的眼泪。6年来，提起父亲张玉贵的名字，好像昨天父亲才从她的生命里离开。

## 三

当我在接下来的北疆、南疆边防行走中到达红其拉甫，以张旭蕾2013年同样的位置站在红其拉甫前哨班时，张玉贵的名字在红其拉甫

张玉贵被历史永远铭记

新营区的荣誉室最显著的位置，照片也是最大的一张。新营区的大楼内，两面墙上都是过去时光里的影子，影子复制成照片挂在墙上，任何人进门，抬头看见的就是红其拉甫从无到有的历史墙。泛黄的照片从40年前开始讲解：帐篷是最早住宿的地方，山脚下的石头在帐篷四周，小山包已被许多脚印踩成路面。山包上的石头就像眼睛一样，蹲守成一个个深邃的星空。也许时至今日，没有人能够看出那些像眼睛一样守候在帐篷边的石头不是没有温度，而是把帕米尔高原的日月、冰川、寒流、阳光都吸纳到每个石头的细胞里。石头垒起的铁锅，第一代营房水布浪沟，第二代营房皮拉力，前哨班的石头房子，建站初期的蓄水罐。这些在照片里放置的物体都一一鲜活如初，就像我也经历过从前的红其拉甫一样，也像张旭蕾经历过一样。

站在红其拉甫前哨班的最高位置，当我也在那些40年前的照片影子里去想象那时的生活艰难、坚守艰难的岁月时，我终于能够明白张旭蕾在我面前瓢泼的泪水有多沉重。尤其当一个女孩在当兵的父亲活着时没有意识地走进父亲边防的生活，只有父亲离世后，她才一次又一次地那么急切地跟父亲从前的过去对接、感触、理解。那是一种什么样的痛穿透一个女孩的背和她所要承担的全部？

我知道一个青春少女的眼泪是她深不见底的对父亲的想念，那些无尽的想念都焊接在高原上海拔最高的冰雪达坂上，也焊接在我的边防线行走足迹中。

我们的北疆、南疆、东疆长达 3 万多公里的新疆边防行，就从一个女兵的眼泪里开始行程、开始出发，开始一个站点一个站点地到达并记住一个个新的名字，开始到达后跟一个个有温度的普通边防官兵说“你好”，互报姓名，听他们泪奔的故事，再一个点又一个点地含着泪从陌生到熟悉后伸出难舍的双手，跟官兵们握手说再见。

这是握手次数最多、最长的一次边防行走，从第一次握手的礼节感到越来越有温度的亲情感，再到最后主动地伸出手和每一个官兵告别时的难舍，我们的手把一双双手的温度加高，加成一种海拔的高度。在边防，我们的握手不是一种礼节，是一种我们也在寒冷的高原缺氧、冰达坂、前哨班、天路、悬崖、颠簸的路途、停电的晚餐、每一个清晨的早操声音里跟他们在内心里融为一体。这种有温度的握手告别，把语言里欠缺的表达都浓缩在了手的温度里。

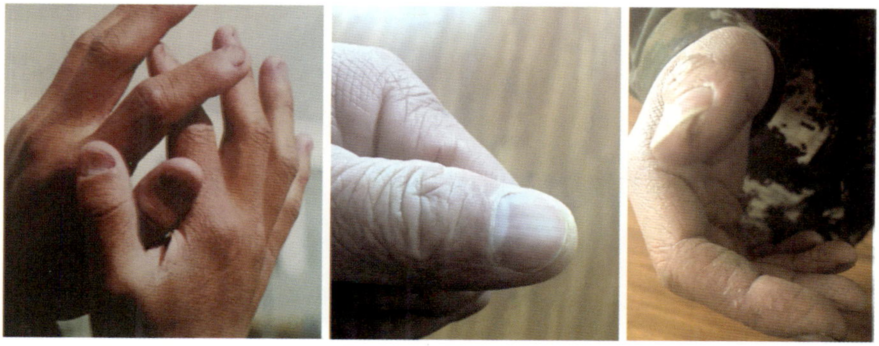

在高原上战士们的手指也会变形

在伊尔克什坦前哨班，雪纷纷而落说下就下让人毫无准备。穿着边防官兵的棉大衣，在中吉 77 号界碑前采访，对面是吉尔吉斯斯坦的居民，他们的货运车在等待检查。我发现一名查缉战士的手指已经变形弯曲。手关节肿大，手心都是黑色的痕迹。那是一次又一次在高海拔寒冷天里查车后留下的一层层斑痕。我看见他红肿的手并主动跟他握手，他勉强伸出一只手过来，那是多么粗糙的手和寒冷的手，没有热气没有生气，冷冷地在我的手里攥着。仅仅停了几秒钟，他把手很快抽回。我让他伸开另一只戴手套的手，也是同样的红肿、肿胀。我再次把他的手握在手里，眼泪在我眼里狂涌。然后他迅速再次抽回他的手消失在风雪中，而他身后是我倾泻在暴风雪中的眼泪。我没有问他的名字叫什么，来自哪里，想不想念父母。我知道他晒伤冻伤的脸上，虽然被雪花覆盖，却有青春的朝气、当兵的神气。

在城市，像他这样大的 90 后，还跟父母撒娇、叛逆，无忧无虑地享受着悠闲的生活。在新疆边防，90 后已经是老兵了。

回到深圳我才有时间看伊尔克什坦的官兵做的关于 77 号界碑的微电影。微电影里讲述的是一对相恋的老兵跟女朋友之间长久分离的故事，老兵因为不能经常回家看女朋友而心感内疚，女朋友患了癌症怕老兵知道自己有病不能好好坚守国门。她想了无数个分手的结局，最后还是用老套的方式，说自己有了新男朋友，而跟老兵分手。两个互相为对方考虑的年轻爱人就在眼泪里分奔东西。如果我没有走过这次的新疆边防线，也许我会认为他是在编造爱情故事，当我走过边防线，我知道 77 号界碑的青春故事就是不一样的人生。青春奉献给国门，青春坚守在边防的豪言壮语就不是一句普通的誓言。在匆忙的行走过后才安静地观看这个微电影，我眼前是所有在伊尔克什坦边防口岸前哨班的全部现

场，是冻僵的手在风雪中的执勤和顽强，是厨师长王俊辉在停电的黑夜和早晨用手电筒照明做出来的晚餐和早餐。感谢伊尔克什坦的边防绿，它让西部最后一缕阳光下落得更饱满。愿回家的老兵已经跟家人团聚，享受天伦。77 号界碑青春无悔。

## 四

从北疆到南疆，在新疆生活了 25 年的我，对第一次亲临的新疆边防线广阔的大地上属于自己家乡的地名是如此陌生。陌生到自己像是一个局外人，在遥远的边界不知今夕是何年，不知新疆的地名还深藏得如此远。所有到达的地名对我来说大多数是第一次亲近也是第一次听说。就像关于官兵们找对象难、结婚难、结婚后的回家难的问题也是第一次面对面地通过官兵的声音传达到我的耳朵。只有这样近距离的声音传递，我才能真切地听到，他们说的是真实的问题，是每个边防站都有、每个边防派出所都存在的老大难问题。有的老兵快退伍了才找到农村的对象、双方见面也仅仅一次到两次就结婚了；有的老兵回老家探一次亲，回来就打报告说结婚。有的离婚了也不敢让领导知道让战友们知道。如果领导知道了，会很难过，会更加关心他们。

在新疆边防，90% 的边防官兵做爸爸了，却从来没有听到过儿子、女儿的胎心和心跳。他们见孩子一次，孩子长大一次。在孩子长大的时间里没有父亲的影子。他们的孩子因为长时间没有父亲接送上学，被同学们挤兑说他没有爸爸。为了证明有爸爸，有的孩子在班会上对着全班同学喊：我有爸爸，我爸爸在边防守卫国门。说完，孩子控制不住在全班同学面前哭，然后同学们跟着哭，老师也哭。当其他的边防官兵讲起战友的孩子的故事，所有的官兵眼睛红红，把泪吞咽到肚子里，不让流出来。还有的官兵，孩子到入托、上学年龄，进幼儿园、上公办的学校又是新的问题。

在边防，还有一种情感叫不想家。不是不想家，而是不敢想家，想家回不了家，只能逼迫自己不去想家，从此习惯了不想家。

在恰勒什海边防派出所别尔克吾执勤点，我问1995年出生的胡斐斐：你想家吗?

胡斐斐站立挺直：到。不想家。

这个甘肃天水来新疆的2年兵，我在问他想家不想家时，他的眼睛里有晶莹的液体却没有掉下来，他青春的脸被沙漠里的风吹成古铜色。全副武装的执勤装束也掩盖不了他晒黑的手背。他的不想家回答得那么响亮，盖过了戈壁上风沙的怒吼。他的眼睛里明亮的泪水一直没有下落，却下落在我的心上。我转过头，用A4纸遮挡住快掉下来的眼泪，迅速用手抹过。从吉木乃到往后的行程中，胡斐斐圈在眼眶里的泪水一直在我的眼前滚动、滚动。当我再见到一个新兵谈起想家的话题时，我都会突然哽咽。

胡斐斐圈住的泪水在我的眼睛里一而再地下落。

身后的教导员崔国倩在那里自言自语：这些娃太苦了。

我的前面是吉木乃县的大沙丘，一点水分都没有的沙丘没有任何遮挡的植物。别尔克吾执勤点还是吉木乃县政府于2014年帮忙建起来的小房子，房子边建了一个小的水冲厕所。执勤点旁边是崔国倩他们一批老兵在这里站哨检查车辆时垒起的灶台，用泥巴糊的。崔国倩没有让拆掉，他蹲在灶台前，说起从前的艰辛，就把自己蹲成沙漠里的干鱼。风吼着声音刮过来，刮走了崔国倩的回忆声音。那属于他们一代老兵的生活，有的被沙丘埋掉，有的被狂风刮走，留下的痕迹成了老兵的历史。

历史很短，却很难忘记。他们不需要告诉新兵今天的环境改变了，生活条件比原来好了。只要来的新兵都知道，现在的一切都好过从前，好过老兵们的从前。

我们的边防线路就从红山嘴开始，一路向西向北向南向东。在这些行走的线路里，也许你知道并且到达过新疆边防线上的红其拉甫、霍尔果斯口岸，你还听过或者到过这些地方吗？

红山嘴、吉木乃、巴克图、阿拉山口、都拉塔、伊尔克什坦、吐尔尕特、卡拉苏、铁热克提、白哈巴、库勒拜、恰勒什海、萨尔乌楞、萨

崔国倩曾经在这里工作、做饭

吾斯奇、涝巴、托里、沙孜、铁列克提、乌兰达布森、夏特、吐古松、察布查尔、卡仑、爱新舍里、捷仁布拉克、库地、排依克、盖孜、大红柳峡、三塘湖、岔哈泉、淖毛湖 新池、前山、乌拉台、沁城、下马崖。

这些你感到陌生的地名，就是我们行走的新疆边防线上的站点。这些站点不是所有的边防线，仅仅是我们能够在一个月的行程中可以不用封山，车能够到达的地方。我们采访的新疆边防线上的官兵也不是全部，是我们随机随时能够在行程中方便碰到的官兵。那些在行程中站岗放哨、执勤查缉的，下村走访的，探亲的，忙于工作的大多数官兵都远离着我们的采访视线，做他们自己的事情。

我们从一个女兵眼泪里启程的新疆边防线，是从北疆阿勒泰地界里的红山嘴边检站开始，并从这里把身后行走过的边防检查站、边防派出所的地名，还有所到之地 70 后、80 后、90 后官兵的名字都牢牢地记在心里，然后把他们坚守在国门的平凡故事一一真实地记录在图文里。

当你轻轻地翻动这本书时，女兵张旭蕾带给我们的边防现场就在这里，在你面对文字偶尔泪湿眼眸的瞬间，在每一座界碑树起的青春无悔里，在庄严的国门前无论春夏无论秋冬永恒的坚守里。

# 有一种热爱叫祖国在我心中

你笑一笑，笑起来好看。

脸上都是皱纹，笑起来难看死了。

我拍你是给我自己看的，你笑笑。

老夫人甜甜地笑起来，满脸皱纹里的表情是小姑娘的表情。

对了，这就对了。

在霍尔果斯边境，我踩着祖国的红线，左边是一对老夫妇用手机在拍照。无意中听到老先生跟妻子的对话，心里暖暖的。

十分钟里，总是老先生给老夫人拍，他自己不拍。

我来给你们拍张合照吧。

那就太谢谢你了。老先生和夫人高兴地谢我。

我走过去，从老先生手里接过手机，帮他们拍了好几张合照。照片后面是中国鼎一样的门墩，鼎底下是空心的，透过空心可以用目光穿越哈国。一目之远就是祖国和邻国。

谢谢了啊!

老先生再次感谢我为他们拍照。

随便的问话中才知道老先生是曾经工作在霍尔果斯边检站的老兵。

那时忙没有时间带年轻的妻子到口岸看看。现在老了，再不来就埋黄土了。眼前的老兵闯进我视线和耳朵的时候，我就预感他应该是一个曾经的老兵，只有老兵才有的热爱长在他的身体里，从身上的边防绿贴近肉体的那一刻，就已经合体。老兵应该70多岁，花白头发，身材的高度比年轻时缩短，依然能看到军人挺直的腰板。在霍尔果斯红蓝线上看到的这个老兵和他的妻子的笑容在我的脑海里存放了很深很久，老夫人脸上的皱纹已经在我的记忆里删除，在她脸上只剩下少女才有的笑容和情怀在我此后行走的南疆、东疆边防线上。

霍尔果斯是我们新疆边防行北疆段最后的一个采访点。

霍尔果斯口岸

我目送着老夫妇离去，又回望着老兵带着妻子去了中哈324号界碑。这是老兵原来守卫的地方，他不需要人带领，也不需要问路，他就是妻子的导游。老兵在霍尔果斯已经没有认识的战友了，他们这个年龄段的老兵早已落叶归根，回到了自己的家乡。

曾经和现在，跨度那么远，又那么近，现在霍尔果斯已经建立市，中哈经济贸易口岸人来人往。繁华胜过从前的任何一天。

下午的阳光照射在中国与哈萨克斯坦边界处的中国324号界碑上，对面的铁丝网就是哈萨克斯坦。中国与哈萨克斯坦，一网之隔，一线之隔。

老兵没有说一句热爱祖国，他陪着老夫人游历他曾经驻守的界碑、国门，边境线的笑容里是他全部的热爱。

霍尔果斯边检站没有孔道，中哈边界线就在行走的脚下。你抬起脚落地生根时，一只脚可以踩着红线，一只脚可以踩着蓝线。一次动足一脚就能跨两国。红线是代表自己的祖国中国，蓝线是哈萨克斯坦。红蓝并行在一起，那是中哈边境线的距离，跨境只是一只脚抬起的距离。

中哈两国边境线

在324号中哈界碑旁，游客随便拍照，他们用任何夸张的方式跟祖国亲近。在界碑旁，多么夸张的亲近举动时内心都跳跃着五个大写的汉字：我是中国人。

在324号界碑前，我们也赶

着时间留影。从一块普通的石头上写上红色的编号再到立成界碑前的那一刻，这块石头已经改变了原来的成分、情感、身份。它是立在中国边境线上的中国标志。

这块石头立在那里时，祖国就在你心中。

我原来不知道一块石头会让我有感情。站在界碑前，自己会有一种自豪感：我是一个中国人。

原来没有？

没有看到界碑前，不会有这种很深的感受。因为石头我们天天见的。立在边境线上就不一样了。它代表着祖国，很激动。

塔城二工镇的马兰花、马兰香双胞胎姐妹给我说她们在158号界碑现场时的心情时，仍然有泪光闪烁。那个时间，我坐在她家的土炕上，她的父亲马金福给我叙述着他这个老兵为了救自己的战友负伤退伍返乡后，这艰难的20年的生活遭遇。家里没有多余的板凳，没有多余的家具和摆设，马金福坐在灰暗的房间的墙角边的破凳子上，他离我很远，我在阳光照进来的炕上，他在我对面的灰暗的墙角，这么远的距离他身上的寒冷也能穿过来渗透到我的身上。他讲他这些年不容易的遭遇时没有落泪，甚至没有半句抱怨。一个修建吐鲁番到库尔勒铁路的工程老兵在那次事故中整个颠覆了接下来的人生。他没有哭，没有掉泪。在讲迅速把战友推开，自己被炮炸伤身体后，也没有哭。当我把钱放在他手里的时候，他的泪马上奔涌出来。

随着奔涌的泪水他还赶着说：谢谢了，谢谢了。

握着马金福的手，我希望20年前的现场就在眼前，被炮炸伤的那个工程老兵不是马金福，而是我自己。

马兰花、马兰香小学一年级时因为没有钱交书本费，老师把发在她们手里的书收走了，她们小学一年级没课本，上课只能用耳朵听。然后

二工边防派出所的哥哥姐姐开展的“爱心萤之舞”活动，让姐妹俩在二年级时终于有了新课本。双胞胎姐妹去巴克图边防检查站看到界碑时，就是二工边防派出所的兵哥哥、兵姐姐带她们去的。当时，看到158号中哈界碑，两姐妹热泪盈眶。这是她们长到18岁第一次出远门，这个“远门”距离自己家门口20多公里。

而这个写着红色大字的中华人民共和国巴克图口岸，是全国唯一在城市中心的口岸。姐妹俩用18年的时间才到达这里，送她们到达的人是一身边防绿的兵哥哥、兵姐姐。她们坐的车是边防的军绿车。她父亲马金福没有享受到的待遇，马兰花、马兰香提前享用。

当旅行的时刻到来，一定不要忘记，有风在吹，而你眺望着远方。这是希腊导演安哲罗普洛斯电影《鹳鸟踟蹰》的画外音，这个电影的上一个故事来自《雾中风景》。两部电影都是反映边境线上的故事，故事里是边境线上的寻找，大人和孩子，父亲和女儿。

只有在边境现场，人类的内心才会生出一些超常规的非理性的情感，这种情感脱离了你平时的理性和控制。但是在边境现场，所有的情感都不加掩饰，真诚流露，呈现本心。

马兰花和马兰香讲给我的边境现场在她们贫穷的家里，家里一无所有，一贫如洗。只有姐妹俩灿烂的笑容在家里闪闪发光，我听故事的时候，泪水一直在心里滚动，面对两个明媚的女孩，高三学生，我不敢把滚动的泪水掉在她们面前。姐妹俩超出贫穷家庭的能量一次次感动着我。

明年高考，准备考哪里？

我们明年选择报考师范。

为什么选择师范当老师？好多你们这么大的学生不想当老师，你们怎么还想？

因为现在农村的学校好多没有老师，我们想毕业后在农村陪伴像我

作者、二工派出所警员与马家姐妹

们一样的孩子。

你们家更需要你们去帮助，为什么先选择帮助别人？

我们能读书是“爱心萤之舞”的兵哥哥兵姐姐帮我们的，我们也要像他们对我们这样去帮助更需要的孩子。

小时候我们没有课本的那一年一直在我们的记忆里。我们不想看到她们像我们小时候那样。马兰香说着说着哭了，马兰花也跟着一起哭起来。坐在旁边破凳子上的马金福放声大哭：都是我造成的，我要没有受伤，孩子们怎么可能受这样的委屈。10 年过去，一个孩子的童年受到的伤害仍然在她们的记忆里复苏。

工程老兵马金福带给女儿们的生活是破烂的几间土坯房子，房子外面墙皮脱落，门外下雨一片泥泞，无从下脚走路。屋内连多余的破凳子都没有，贫困的家里没有更像样的一样东西，甚至连一本课外书都没有。没有课本上课的那一年的痛深深埋在了马金福的记忆里，也埋在了马兰花、马

马家家徒四壁

兰香的记忆里，那是她们跨越人生成长路上的第一个痛，是未来一生的痛。

还好，把那个童年的痛放一边后，马兰花、马兰香还记住了边防绿，“爱心萤之舞”，158号界碑，中华人民共和国巴克图口岸国门。父母给了她们生命，她们在最青春的时候，把158号界碑和巴克图口岸国门放在了记忆深处。

她们青春岁月里记住的祖国、界碑、国门，让我这个成年人，踏行在北疆、南疆、东疆线上的行走者泪湿灵魂。

回到深圳后，再打电话给马金福。他能一下子听出是我的声音，在电话里还在感谢。马兰花、马兰香从学校的课堂里回到家后，顾不上吃饭，把电话跟过来。

我按掉电话反打过去，问姐妹俩：书收到没有？

总是马兰香抢着说话，收到了，谢谢老师。送给马兰花姐妹的书是我写的《回家》。

姐妹俩说：您真是好人。

《回家》也许是马兰花家里唯一的一本课外书，那是我写给留守儿童的书。我希望姐妹俩能在《回家》里读懂一种温暖的阅读传递，就像她们站在 158 号界碑前那种热流涌动的情感。

马家姐妹去派出所与警员们互动

# 我要为你唱首歌

一双明亮的眼睛凝视远方
风沙吹过坚毅的脸庞
陡峭的山啊一片苍茫
有你在就不觉得荒凉
寂寞无边披星戴月冰雪寒霜
风里雨里崎岖坎坷路
山一样沉默
雄鹰般情怀
伫立在高原守边防
我要为你唱一首歌
谢谢你勇敢的心
穿越冰冷艰险
你永远执着倔强
我要为你唱一首歌
谢谢你温暖的笑

天边美丽彩虹

像那花儿一样绽放

——井怡丹演唱的《我要为你唱首歌》

## 一

在新疆边防线的行走中，所有站所，派出所，遇到的官兵们都会告诉我一首专门唱给新疆边防官兵的歌，他们说：这首新歌唱哭了无数官兵。这首新歌《我要为你唱首歌》是新疆边防总队著名歌唱家井怡丹唱给每一位边防官兵的歌。井怡丹唱了一遍又一遍，官兵们流着热泪听了

恰勒什海边防派出所老营区里的白杨深扎着新老官兵的边防情

一遍又一遍。在刚刚走进的边防线，我并没有把官兵们告诉我的这首歌当回事，因为在我心里，《小白杨》《咱当兵的人》《说句心里话》等军队歌曲早家喻户晓、人人皆知。

从3万多公里的边防线行走回来，坐在深圳的家里动笔写书时，我在电脑上打开井怡丹唱的《我要为你唱首歌》再听，行走后的所有艰辛的路途都在脑海，库地悬崖达坂天路横跨心脏，5100米海拔红其拉甫就在我的头顶，缺氧的症状重新复演，耳边是这首最高海拔帕米尔高原的红其拉甫的新歌——《我要为你唱首歌》。

这首歌每天放在QQ音乐里，响在我的耳边，也响在我敲打的每一个汉字里。

壮阔的帕米尔高原

帕米尔高原即古葱岭，中原人称为丝绸之路上的“死亡雪海”，波斯人称为“红墙血沟”。

在唐玄奘取经之前的帕米尔高原天路瓦罕走廊，曾有一个多达万人的商队因遭遇暴风雪而全部长眠于此。后来玄奘历经这条“红墙血沟”取回真经，马可·波罗在这里发现盘羊，今天的新疆边防官兵驻守在这里，生活在这里的塔吉克族的四代边防巡边在这里。

这首回响在新疆最高海拔的歌是唱给新疆边防线上所有官兵的歌。

从这首歌里我听到的是忠诚、坚守、热爱、守卫。

“忠诚”“为人民服务”，这两个词在我行走的新疆边防线上每天出现，它们书写在每个边防检查站，边防派出所最突出的位置。让你第一眼看到的是它，抬头的瞬间眼睛扫描出的余光里也是它。它在你生命迹象的每一处。

作为一个普通公民，没有穿上绿军装的普通公民，我第一次在边防面对这两个熟悉的汉语词组时，并没有特殊的感情。它们平常得跟新华字典里的每个字一样，在我们忽略的对视和翻阅中悄然无声。然后每天到达一个新的地方，在每天不同的荒野、戈壁、雪山、达坂、沙漠都覆盖了绿色之后，石头上刻的红色的醒目的“忠诚”“为人民服务”两个词组就会深刻在你记忆的每个细胞里。

这是恰勒什海。

你怎么知道。

那是我曾经战斗过的地方。

2015 年 10 月 24 日早晨，我站在早晨落雪的窗户前，听着战士们训练的声音，目光远视眼前飘扬的国旗，看到刻在石头上的红字在雪景中红得扎眼，只一抹红色在白色的世界里张扬，内心油然而生的是淡忘很久的情感。

蓝天上的白云多像“雄鸡”

我把风雪中飘扬的国旗发在微信里时，铁热克提的教导员很快回复了上面的对话。

一首歌是几代边防的缩影，一个场景就是一个兵的回忆。

## 二

你为什么想当兵？如果选择“忠诚”“珍惜”几个关键词你选择什么？

在边防，每到一处，我都会问同一个问题。

一开始觉得很简单很幼稚的话题越问越有内容，问得多了，同一个问题每个人都讲出了不同的答案。

我想当兵是因为，我小的时候陪着妈妈把家里仅有的两万多元钱送到医院为外婆做手术用，却在半路被小偷抢走了。那一刻，我希望我是一个警察，能保护妈妈不再遭遇抢劫。这是红山嘴边检站的刘相坤想当兵的想法。

我爸是军人，我妈从小就想让我像爸爸那样成为一名军人。她的军人情怀梦一直延伸到我这里。巴克图边防检查站的张春丽说她的当兵故事时，她已经是一个老兵。丈夫在山东，她在新疆。跨越高山大海的距离是因为妈妈的军人梦。

你有弟弟，怎么不让他管？我弟是军人，他是我们家的光荣，我们谁都不能给他拖后腿。孙希强说起大姐，眼泪在他眼眶里一直储存着，旋转着，没有掉下来。我大姐就像我的父母，没有她，我在边防呆不下来的，谁照顾我的母亲？

山东临沂的孙希强当上兵是全家人的光荣。父母把家里唯一的一个儿子送到部队，让大姐孙连英成了家里的顶梁柱照顾着多病的父母。父亲五年前胃穿孔临死家人都没有告诉孙希强，母亲现在脑溢血偏瘫，照顾母亲的任务又压在大姐身上。为了照顾母亲，姐夫总是跟大姐吵架。孙希强没有让家人失望，他一个农村兵，2003 年拿了全疆的边防卫士。2005 年保送上大学，全国 40 个人里，他是新疆保送上学 3 人里

张春丽与丈夫的婚姻要跨越高山大海的距离

的其中之一。

我想当兵的 22 年的梦想里，是对爷爷奶奶、父母、妻子的愧疚。

来自四川绵阳农村的赵强，从农村青年一步步成长到少尉以及现在阿拉山口的副政委。他是家里的三代单传，他当兵时家里很反对，当兵是他喜欢的梦想。为了这个梦想，爷爷奶奶去世，家里怕耽误工作，没有告诉赵强。结婚 6 年因两地长期分居离婚，第二次结婚到现在没有孩子。

我的鼻子吸到风就不能呼吸了，对不起，让你们看见我这样子。

库地边境检查站的站长木合塔尔，因为喜欢当兵，一直在南疆边防基层 20 年从不离开。库地刚刚下过雪，外面风大，见到他时，他带着黑色的头套，只剩下眼睛。他的鼻子遇到风不能呼吸。在办公室他把头套摘下来，出门时再带上。呼吸到一些寒风，做过两次手术的鼻子就呼不出来气。他是个病人，得正常上班，他是站长，他不上班，可不行。

我当兵的时候满头黑发，20年后没有头发。我的朋友跟我开玩笑：你的脸看上去18岁，头发看上去48岁。

木合塔尔哈哈一笑：我的精神18岁。

他才39岁，他讲朋友说他的笑话时，很幽默。自己给自己调侃一番。头顶的电灯泡照着他的光头，铮铮发亮。

你乐呵呵的，从不为鼻子的病烦恼？

还要做第三次手术，不知道会怎样。

看到我暗淡的神情，他来安慰我：难过的事情大家都有，你有，他有，谁都有。

我当兵是受父亲影响。叶城边防大队的邱副队长说起他的当兵梦像是在昨天，当谈到他父母时情绪很快变化。

我父亲参加过对越自卫反击战，也是一名老军人，荣立三等功两次。

父亲现在一人在家，我远在新疆工作，照顾不上，亏欠父亲太多。但我从来不后悔。作为儿子我不称职，母亲去世后，父亲独自在家，没有尽到孝心。但是父亲从来没有计较这些，也从来没有怨言，常对我说：儿子，家里面你不用管，安心工作，新疆形势很严峻，注意安全，做好自己的本职工作，时刻牢记自己是一名军人，履行好军人的职责和使命。

因为不能回家，对方在吵架、抱怨中离婚了。他离婚几年后，哥哥2014年又帮忙在老家给他介绍了一个女孩。见了一面后就结婚了，2016年2月他就要当爸爸了。

# 三

“早知道给你们带几箱饮料来多好。”

姜有栋很遗憾地跟叶尔博拉提和萨尔克提说。

在巴里坤大红柳峡边防派出所，当听到我问驻地官兵有没有小商店可以买点你们喜欢的零食时，有人回答说只能买点普通的饮料。只有村民在家里开的小卖店，没有商店，也没有银行，没有柜员机取钱。

一直在旁边听我跟官兵们聊他们守边的日子，姜有栋的下基层感触很深。

姜有栋是哈密边防支队的驾驶员，他当兵从乌鲁木齐到哈密。当兵五年了，在哈密的时间也两年。两年在哈密一直在机关开车，这次跟我下边防是他第一次走基层。从哈密到巴里坤，再到伊吾，一走就是1000多公里。他曾经想象的边防线，派出所最起码可以喝上水，有商店，有时间能散散心。可是来到后，他想象的跟现场的太不一样，电刚刚有，水还不能直接饮用。连商店都没有一个大的。路远，想回家都很难。这次边防线的行走，让一个在机关呆了5年的开车老兵触动很深。

他告诉我，我以后会多来基层。基层的官兵很纯粹，干辛苦的工作从不抱怨。

90后姜有栋在戈壁边防线上的深刻体会是我没有想到的，呆在城里和在戈壁沙漠当边防兵的感受大不相同。

去巴里坤的岔哈泉，风沙扬起，11月的天寒风刺骨。岔哈泉没有水冲厕所，外面的旱厕在寒冷的天上一次，受折磨一次。8个人一间的大房间，时而能刮进来燃煤的黑渣和燃烧的味道。

派出所的后院里有11棵老白杨树，1棵年轻的白杨。从办公室的

下马崖派出所处在艰苦的环境

窗户外向左到右数，有两棵是连在一起的。树后面是山和戈壁，山不高，挡在树的右边。所里换了好多批官兵，从没有人从后面的窗户里数过树，也从没有从前面的窗户数过前面的沙枣树、老榆树、老柳树、老白杨树和年轻的白杨树。他们只知道西北风把老柳树、老榆树、老白杨树吹歪了，向东歪着，多年来一直这样。

我听说，李猛唱歌非常好听。之前还唱过民谣、摇滚。

李猛笑笑，笑容在脸上的红扩散到全部脸上。3 年，高原红可以肆无忌惮地长在一张年轻的脸上不褪色。

赵从华所长说，李猛从不当着我们的面唱歌。不过，他唱歌的时候我们都能听得到，整个戈壁都能听到。

一个叫岔哈泉的名字，让三年兵李猛在寂寞的时候吼出嘹亮的歌声。他的歌是唱给自己听的，也是唱给寂寞日子里坚守的同事。房前的两棵沙枣树，四棵老榆树，几棵老柳树，和房后的十一棵老白杨都向东歪着树干。那是西北风长年累月留下的痕迹。年轻的李猛把年轻的青春

士兵们在巡逻

都用歌声挂在了树干。能听到他歌声的还有树后的旱厕，风雪中也能听泪的传说。

乌拉台牧民古丽木汗，从游牧的大山里搬迁到山下，从放牧到种植再到开店做民族工艺品，她经历的所有生活元素里都有边防派出所的影子。说起边防绿，她的脸上飞扬着幸福的表情。

## 四

阿拉山口最大的树是长在执勤班前面的两棵榆树，十六年了还像两个长不大的孩子。没有大的树冠，枝干也不粗壮。它们同时种在同一个地方，并排在一起，却一高一矮。

其他的树刚刚成活一年，有的度过了两年。不知道什么时候他们还要被阿拉山口的风刮断，打折了生命。

早晨 8 点，阿拉山口的广播喇叭里就开始了嘹亮的歌声，声音可以让每个在睡梦中的人立刻醒来。如果是换岗值夜班的，刚躺下，也能被震动醒来。更大的声音来自宽轨的国列，24 小时不间断地向哈萨克斯坦国的方向开拔行驶。50 节货车车厢在宽轨上一节节把铁轨和齿轮之间的唇齿般铁器磨合的撕咬声放大在山口的每一缕风里，又被风肆虐地传播。

宽轨距离执勤点和宿舍只有 5 米，5 米距离包括 3 米的人行通道和 2 米的站台。

在近距离的货车穿过的声音里，这声音就在房间，就在床边的耳朵里，震耳欲聋，让人想拒绝都无法拒绝。

晚上的夜里除了远处的灯光，都是夜，都是黑暗的世界。伸手不见五指的天。

在阿拉山口，早晨 8 点前的夜，树枝从黑夜里一点点若隐若现的蘑菇云里一层层展现，一层层清晰，像水墨的淡、深色彩样地暴露出来，在一点点淡淡的粉色光晕里伸直。

阿拉山口繁忙的铁道边检任务

## 五

雪域骄阳灼痛我脸庞
在离太阳最近的地方
年轻的战士，手握钢枪
矗立在国门旁
雄鹰指引着前进的方向
雪山教会我坚强
爬冰卧雪，战斗儿郎
青春无悔，岁月流长
高原月光抚摸我臂膀
在离亲人最远的地方
英勇的卫士，抗寒斗氧
挺立在哨所上
偶尔会思念心中姑娘
多想为你把歌唱
歌声伴我，继续站岗
界碑见证，我的成长

我知道我是一个兵
守护雪域高原的兵
我骄傲我是一个兵
我是红其拉甫的兵
我自豪我是一个兵
有一颗忠勇的心

我要用我青春和热血

谱写明天美丽的梦

这是红其拉甫边检站的政委朱春山写的歌词《我是红其拉甫兵》。他带着一大包从山下看病的药到高原，胃疼病让他走到哪里都捂着胸口。他被任命到这里时间不长，来了就写了《我是红其拉甫兵》。这是他写给坚守在红其拉甫的所有官兵的歌，也是写给新疆边防官兵的歌。

他说，我们刚来，没有什么值得写的，你们去采访卡拉苏的政委白宝平，他原来是红站的副政委，在红站25年，现在全身也是病。

在卡拉苏，白宝平说，你们采访我们的女检查员吧，她也在红站呆了十多年，现在我们卡拉苏边检站工作，刚怀孕，就流产了。结婚很多年没有孩子，有了还流产。我们觉得很对不起她。

让官兵说自己，在边防是一件很困难的事。好多时候我们都是通过别人的转述来了解其他的人。

在吉木乃边检站工作的新兵张海洋，家在陕西咸阳武功县兆立节村。我问他时，他连多余的话都不说。

为什么当兵?

想当兵。

在站里做哪些工作?

站哨，上勤。

父母在家做什么?

种苹果。

没有其他说的了?

他笑笑说，我不会说，就这么点。

孙磊主任过来解围，张海洋工作起来很认真，不用任何人提醒，他

自己就会想着主动去干。你让他说，他说不上什么。

张海洋从办公室出去，干他的活去了。他出门一身轻，一路小跑就消失在我们眼前。

只会做事，不会说话，是边防官兵的通病。每个人在自己岗位忙的时候，没有时间说话。呆在边防日子长了，好多官兵回家跟老家多年的同学都有了隔阂。他们说的好多社会上的事情，当兵的都不知道，也说不到一起去。

边防距离城市都很远，官兵的生活、工作范围都在营区，时间久了他们跟外面的世界都脱节了。

2005 年我去厦门开会，就买了两样东西，一张手机卡，一包厦门烟，见人发一支烟。同行的其他人，有的连电梯都不会使用。坐上电梯，从一楼上到顶楼，再从顶楼自动下到一楼，就是下不去，找不到自己住的楼层。

伊尔克什坦的政委杨子江说起这次过去 10 年的厦门行时，我们都笑不出声。

笑不出声后，只剩下他们自己对自己内心的表达。在寂寞里的孤独的荒原、高原、冰达坂、雪山、戈壁，沉默者都成了诗人。他们写诗从不去发表，只写给自己看，写给夜空里也略显寂寞高冷的星星和月亮。

我的耳边响着《我要为你唱首歌》，手边是从采访素材里翻出的官兵们写的诗。歌和诗都写在高原，都远离着他们的家乡。

**写在前哨班**

淅沥夜雨

拉开了秋的帷幕

夏花和杂草
在5100米的海拔早已褪去满身的暑气
驻守边关的男儿
痴心等待秋霜最后的洗礼
商人忙碌的脚步
匆匆的观光游客
可曾知晓大爱秋意
前哨圣地三角梅依旧盛开
用爱铺的草坪葱葱碧绿
幽兰无人识晓自芬芳
尘世的人
读不懂
铁血边关
红其拉甫边检官兵最真挚的祝福

——红其拉甫边检站政治处主任　仲家荣

## 界碑

本是一块普通的石头，
一旦身着国徽傲立于边界，
就载覆着一个民族永恒的尊严。
龙的精神在碑体上张扬，
祖国的血液在边境线上流淌。
历经了血与火的淬炼，
品味了风与雪的雕磨，
岁月斑驳稀疏的足迹，

从碑体上冉冉流过。
碑旁，
边防警察威武的身躯，
以握枪站立的姿势，
以橄榄绿的色彩，
坚守成一个有血有肉的界碑。
长年累月与界碑做伴，
春去秋来与大地垂直，
月落日出与大山为伍，
塑造出了一副昂头挺胸的风骨。
孤独与骄傲，
渺小与崇高，
在这里，
结合成最完美的乐章。
界碑，
倾听过多少边防战士的诉说，
细数过多少边防官兵的抚摸，
感受过多少众人目光的崇仰，
体味过多少警营男儿对故乡思念的绵长。
界碑与士兵，
共同拥有一个厚重的灵魂，
共同守卫一片河山的安宁。

——红其拉甫边检站政治处干事　杨国良

1
1997

中国
5
(1)
1997

中国
7
1997

中国
1997

中国
14

中国
1997

中国
4
1997

中国
6

中国
17
1
1997

# 维和是一种情结

在栖息的庄园
我知道阿非利加洲
它的沼泽和贫困总贴在世界的版图
还有那些饥饿的孩子的眼睛
总在诉说着阿非利加洲的故事
我要让这些诉说的故事堵住我的呼吸和睡眠
我要让尼罗河的沼泽吞噬我的想像
在沼泽地里
我能看见坚强的狮子一代代活着
在撒哈拉沙漠
我要看见斑马快乐地奔跑
在野生丛林
我要看见那些坚硬的野果子
怎样喂饱人类饥饿的胃
我要看见草原怎样褪变成沙漠
我希望我是阿非利加洲一块孤独的岛屿

站在地球的边缘

为饥饿的眼睛守护着粮食

为人类的动物守护着自由

这首诗我写在7年前，诗的名字叫《想象非洲》。当时电脑留下的创作时间是2008年11月16日19：19：52。

写诗时，我不知道7年后的时间，在新疆最西部的巴克图边检站，跟参加过两次维和的军人对话，并把我7年前写的关于非洲的想象拉至眼前，听一段真实的来自非洲的维和故事。

2015年10月24日下午的6点20分，在巴克图边防检查站，我和他偶然见面。

他在办公室忙碌着，不知道有人要采访他，我也不知道要采访他。临时到达的巴克图，还没有确定采访人选。所有的官兵都忙碌着自己的工作，把谁叫停，他们的工作都将停下来。边检站有过境旅客，每个检查员都干相同的工作。康主任带我在旁边的办公室先休息，他抬起头停下电脑上的工作，请我坐。

会耽误你的工作吗？

坐下来后，我有点歉意地问。

他说电脑上的工作可以加班做。

一个平和的微笑和一个礼貌的让座，我就跟他聊起来。不像采访的那种问话，是没有那么正式，更像聊天的那种。

这一聊让我知道了坐在我对面的他，参加过两次维和，一次去海地，一次去利比里亚。

我突然兴奋起来。

参加过一次维和的军人就是英雄，你能参加两次，太伟大了。

他再次温和地笑笑，似乎夸赞的是别人，不是他。

不知谁在远处说，好像今天是世界维和日。

是世界维和日吗？我问他。

他微笑着说：是的。

这样的偶遇采访应该是概率太小了，提前约也不会如此巧。碰上参加过一次的维和军人概率小，碰上参加过两次维和的军人，小之更小了。

他叫林雪峰，新疆边防总队参加过两次维和的第一人。我重新站起来，再次伸出双手要求跟林雪峰握手。

林雪峰神采奕奕

我说，因为我不是军人，不会敬礼。只能以万分的崇敬跟参加过两次维和的军人握手。

林雪峰笑了，他伸出双手，跟我热情地来了一次握手。握手后还要求潘老师给我和林参谋长拍了一张照片。多么幸运的一次采访，没有约定，没有寻找，连在跟前都没有想到要跟英雄采访。整个采访就像突然把我一下子投放到海地和利比里亚。

2008 年，有 108 名新疆边防军人代表中国参加海地维和。每个军人都希望自己参加维和，挑选，筛选，综合考试先从 1000 多个报名的人里层层刷下，集中训练再刷，然后才能挑选参加大队培训。层层考试选拔培训名单时，林雪峰很紧张，他第一次报名参加维和，他希望在严格的考核后，自己能被选中。宣布名单时，他在心里对自己说，一定能选上。听到别人的名字在耳朵旁飘过，虽然出汗紧张等待，他希望飘出

的声音念到的是自己的名字。

林雪峰！他终于很幸运地被选中了。几分钟的等待从紧张到激动。选上后还要封闭4个月培训，再接受联合国甄选。

林雪峰第一次去海地时，儿子刚9个月。

他兴奋地跟妻子说：我去维和，你为我自豪吗?

妻子知道参加维和是每个军人都希望的经历，她的丈夫也一样。

她很高兴地回答，我自豪。

北京飞往海地的国际航班跨越太平洋，蓝天之上是太空，蓝天之下是太平洋，走出国门的新疆边防军人的自豪感油然而生。新疆边防军人参加海地维和是代表国家去的。那时，他心中感觉湿漉漉的，是一个平凡的人突然间穿上了伟大的战袍的那种激动。

太子港是海地共和国的首都，是政治、经济及文化的中心，也是海地最大城市、西印度群岛著名海港之一。海地还是拉丁美洲最穷的国家，世界上最不发达的国家之一。太子港位于加勒比海伊斯帕尼奥拉岛西部、戈纳夫湾东南岸、拉萨尔山麓、库尔德萨克平原与大海的交接处，面朝戈纳夫岛。太子港作为海地的工艺中心，有制糖、碾米、水泥、制药、制鞋及服装等工业。

中国维和部队在海地的驻地

到达太子港，林雪峰眼前的景物，很破旧，很贫穷，治安环境很差。当时正是登革热在那里的流行期。他们到达后每天都听见枪声，每周都发生枪杀案。城市中心的失业率达到80%，贫民区、中产阶级、富人区划分得很鲜明。相对当地的农民来说，战争对他们的影响比城里人稍微好一些。当时海地也发生过几次联合国工作人员被袭击的事，所以海地整个治安秩序都不好，很危险。中国维和军人每天都高度紧张，出勤巡逻的精神压力很大。他们的工作主要配合当地警察维护治安。除了工作上的压力，由于住在乡村，生活条件差，头三个月去，他们没有吃过绿色的蔬菜，从国内运过去的菜因天气热，全部腐烂。高成本运过去的菜吃不上，驻地没有青菜，一日三餐是最大的问题。当地百姓都不喜欢种菜，有地也不种。中国维和军人自己只能想办法解决蔬菜问题，首先自己种菜。像在国内一样，开荒种地。他们种的蔬菜长出来后都会给附近的当地百姓送一些。慢慢地，当地百姓也开始吃起菜了。

海地和中国的时差是13小时。海地全境75%为山地，仅沿海和沿河有狭窄平原，海地是印第安语中“多山之国”的意思。经济以农业为主，基础设施建设非常落后。由于能源不足，海地的工业非常不发达，失业率也极高，三分之二的工人没有固定的工作。

2009年6月，林雪峰从海地维和回来，儿子已经两岁多，见到他也不让他抱。

2013年，林雪峰又一次被选上去利比里亚维和。这次，他是被选上才想告诉妻子的。但是这次他不知道怎么开口说话，维和是他自己的军人梦，不是妻子的。这一走就是一年，又得让妻子独自带着儿子上班，他于心不忍，但又舍不得放弃。几千人里选拔100多个，不是每个有军人梦的人想去就去得了的。

晚上，妻子看出来了他的心事。问他，你是有话要对我说吗？

参加维和的林雪峰

林雪峰说没有。

一直到半夜，他无法睡着，不得不说，这次他又被选中参加维和，去利比里亚。

妻子沉默了很久说，一次维和对你还不够吗？

林雪峰说，我有军人的维和情结。

那我和儿子算什么？

林雪峰无言以答。这次维和之行前，林雪峰感觉到妻子内心的不满和情绪。他顾及不了这些，在家人和维和两个选择题里，他义无反顾地选择了维和。他走的时候悄悄离开，没有惊动熟睡的儿子和妻子。

他走的那个晚上，他的妻子也没有睡着，她等着维和的军人怎么跟她告别。看着他悄悄离开家门后，妻子站在黑色的夜里，看着外面若隐若现的灯光，她的心一下子被抽空。那一刻，她觉得她和儿子被一种强有力的力量抛弃。

林雪峰一家人和本书作者

2013年，有140人参加利比里亚维和，其中有7个女军人。林雪峰参加利比里亚维和时，儿子5岁多。儿子已经能告诉其他人，他的爸爸是一名军人，是穿着绿色军装的人。

他们住在利比里亚格林威尔州，一个州2万多人，治安环境比海地稍微好一些。路面都是灰尘沙土，一下雨路面坑坑洼洼。刚去没有营区，没有医生，卫生条件差，越境现象也很厉害。自然环境对人的危害很大，豹子、毒蛇随处可见。豇豆上挂着毒蛇，毒蛇咬着青蛙。有两次，毒蛇在他们的床上爬行。

蜥蜴，白鹭，乌鸦，壁虎，大号甲壳虫，在营区里随处可见，还会爬在人身上。最多的是蜥蜴，几乎满院子都有，一点都不怕人，还会爬进作战靴子里。壁虎是调皮的，爬墙对它是最好的运动，它就在有人欣赏的情况下发“人来疯”。有时，黄鼠狼也会带着她的小孩子在落日之时，光顾一下。

我想，如果没有战争，生存条件好，非洲应该是野生动物火烈鸟、斑马、豹子、狮子的家园。

林雪峰与外国士兵

我在 7 年前从罗红的博客看见他在非洲拍的狮子的图片，写下这首《非洲之爱》：

广袤的非洲之上
有一种动物的眺望刺穿人类的眼睛
荒原上的一点绿
是狮子的守望
一点点播种成夕阳
什么时候他们相守彼此
把最亲情的动作
还原成人类的爱情

电脑上显示的时间是 2008 年 11 月 24 日 11：12：40。

图片中的一对狮子相拥在荒漠上，第一眼打动我的是这对狮子在荒原上张望的眼睛。

利比里亚的房屋种类很多，圆形、八角形、椭圆形或长方形房屋都有。在大城市及行政、商业、交通中心，主要是铁皮房顶的长方形房屋，有的是多层，有的是单层，二层楼房居多。这种房屋一般是砖墙和水泥地。

巡逻坐直升飞机，乌克兰提供的直升飞机像老爷车一样在2000多米高空摔下来。

管理很严，不准喝酒。这次林雪峰是带队分队长，又赶上了埃博拉疫情。8个月的时间，维和军人打电话有规定的时间。因为不能长期正常跟家人沟通交流，在维和期间，有两对离婚，两对恋人分手。想想，维和回家后所要面对的是在离婚证上签字是何等悲催的事。林雪峰在劝说战友时，想到了妻子，也第一次理解了一个有维和情结的军人梦反面是一个妻子在无数个夜里的担惊受怕，孤独寂寞。

我跟随着林雪峰的维和路径，从他讲述的细节里看到了参加海地维

林雪峰与外国小孩交流

和和利比里亚维和的军人们内心的世界。他们能放进世界和平梦想的行动却抵不上一份感情的坚守和守候。

我问林雪峰，如果还有维和的机会，你还会选择去吗？

林雪峰很快回答：我肯定会去。

为什么？

参加过两次维和还不够吗？这是替他妻子问的。

他说，维和是我的军人梦，只要有一次机会，我仍然选择去。

不怕妻子不让你去吗？

她一定会同意我的选择。她懂得我。

现场没有花，我加了林雪峰的微信，用微信表情里的花发送了满满一屏。

并在微信里写下这样一句话：参谋长，在世界维和日，向你致敬！

林雪峰两次参加维和是一生中最大的骄傲

IVECO

# 21 年的边防夫妻

## 一

一张被授予联合国和平勋章的照片在吐尔尕特站的荣誉室墙上定格时，我眼睛迅速放亮，脱口而出。

你也参加了维和？

带领我们参观荣誉室的政治处主任朱辉淡淡地说，是的。

那么平静的回答，让我向他回答的声音处再次寻找定格在照片里的人。

照片上的人就是你？

是的。他面带微笑，仍然冷静。

我在巴克图采访了林雪峰参谋长，他参加了海地和利比里亚的两次维和。

是的，我和林海峰在海地维和同一批，不在同一个组。

2015 年 11 月 4 日，因为一张维和的照片，我在吐尔尕特的荣誉室里瞬间把海地和红色达坂拉成一条直行通道。朱辉就在这条直行通道里，把我的视线从吐尔尕特拉到海地，再从海地拉回吐尔尕特。

在 10 个月的维和期间，朱辉先后获得了海地临时选举委员会颁发

朱辉接受勋章

的嘉奖令、联合国颁发的“和平勋章”和海地总理签署的“国防安全骑士”荣誉，并荣立二等功。

与照片近距离的地方是我站的位置吐尔尕特，它的柯尔克孜语意为“枣红色的达坂”。吐尔尕特边检站1995年11月随同口岸下迁至位于克孜勒苏柯尔克孜自治州乌恰县托帕地区，这里离县、市区较远，空气干燥，沙尘暴多，周边环境艰苦，到处是荒山戈壁，没有多少绿色植被。吐尔尕特边检站前哨班驻守在中国与吉尔吉斯斯坦之间的图噜嘎尔特山东段重要山口，位于新疆维吾尔自治区西部，海拔3795米，空气含氧量不足平原地区的69%，冻土层厚达7.3米，昼夜温差大，年平均气温3.6℃，全年无霜期仅为13天。

此时，我已经从海拔3795米的吐尔尕特边检站前哨班下来。51号中吉界碑处，下着大雪，退伍老兵正在跟战友在界碑前告别。前哨班营房一墙之隔，有一排已废弃的平房。屋顶上方“苦得有价值，苦得有作为，苦中见精神”15个大字已经脱去了原来的颜色。这就是当年朱辉工作的老营区。他在前哨班的时间是 1995 年，那年他还是一个新兵，刚刚下连队。在那时的前哨班，吃水是官兵们最头疼的事。夏天，要到 5 公里外的河流去拉冰雪融水。到了冬天，呵气成冰，官兵只能到 20 公里外的冰河里去凿冰取水。2015 年 10 月，吐尔尕特边检站 80 立方米水的渗水井顺利完工，甘甜的地下水终于引入营区，吐尔尕特边检站前哨班官兵从此告别建站 60 年来常年饮用雪融水、化冰水的历史。现今吃水不用车去拉了，四季供应的暖气取代了过去的煤炉，有线电视也装到了班排。

在海地维和地区，朱辉以战斗队员、宣传报道员、文艺队员的身份参加维和。他所在的中国第七支赴海地维和警察防暴队驻守在海地首都太子港西北郊著名的索纳比工业园区内，执行在太子港最大的贫民窟和黑恶势力盘踞之地太阳城，被称为“死亡之路”的国家一号公路 15 号加强点，暴力武装团伙聚集地马提桑，火拼事件频发地家乐福，反政府武装头目关押地国家监狱等 11 个勤务区、9 个红色检查点、8 个蓝色检查点的日常勤务轮换。执勤区域首次覆盖到太子港全部地区，执勤时间首次全部延长至全天候 24 小时，每天投入警力首次增加至 90 人次，最多时高达 120 人次。

他们生活的环境比 1995 年的吐尔尕特前哨班更艰苦，更危险。

海地是拉丁美洲加勒比地区的一个岛国，常年平均温度高达 40℃，地表最高温度可达 50℃，艾滋病、登革热、疟疾等传染病流行，被称为世界上最危险的地方之一。海地有“三高”：一是温度高，比海南还要高两三度。二是高危，仅次于伊拉克的巴格达。三是高污染，环境污染很严重。

海地维和比你之前想象的要严峻?

朱辉说，是的。更加落后、更加贫穷、局面更加纷乱。一去现场才

朱辉的飒爽英姿

能真正看到所谓的贫穷，感受到世界上最贫困国家的状态。

荣誉室里，立着吐尔尕特几十年的历史墙。墙上，朱辉在维和现场的图片深深地打动着我。他戴着头盔，穿着统一的维和服，手握枪弹。执勤车在马路中心走过，人们就在旁边行走。面对枪弹、执勤车，长期处于战争中的海地民众不去躲避、无所畏惧，战争已经让他们对无数血腥场面司空见惯了。

在我旁边神情淡定的朱辉和图片里参加维和技能训练，从执勤车后车门打开飞出来的朱辉判若两人，一动一静如此分明，如此悬殊。

这是拉得很远的长镜头，朱辉和他的战友时刻准备着战斗；朱辉在装甲车内执勤，装甲车里的他，全神贯注，机枪在装甲车的弹孔里瞄准射击。一切都在战争的状态中，子弹上膛，随时战斗。

朱辉演奏长笛

远离执勤现场，远离战斗现场的闲暇时间，朱辉还能用一把长笛给维和现场的战友们演奏《梁祝》，刚硬世界里的柔软也能通过一支长笛横跨太平洋吹出一丝一缕穿越几万公里的思念，思念的那一半是祖国土地上的亲人。

碧草青青花盛开，
彩蝶双飞久徘徊。
千古传诵深深爱，
山伯永恋祝英台。

同窗共读整三载，
促膝双肩两无猜。
十八相送情切切，
谁知一别在楼台。

楼台一别恨如海，
泪染双翅身化彩蝶翩翩花中来，
历尽磨难真情在，
天长地久不分开。

他也能把长笛换成葫芦丝，吹出邓丽君的《甜蜜蜜》。

一把长笛和一支云南少数民族的葫芦丝吹出的音乐，可以在最贫困的国家让战争暂时远离。在子弹、真枪、装甲车实弹后面，维和战友们可以分享一份思念家人的宁静和安详。

我一直想象着那把长笛和葫芦丝，想象着高、中、低音里的徘徊和情感，它们在朱辉的手里、嘴唇之上如此和谐地成为音乐之声。

朱辉从海地凯旋回国时，妻子和女儿去机场迎接。3岁多的女儿在他怀里有点认生，妻子在旁边让女儿叫“爸爸”。小小的女儿还怕生，在朱辉怀里，不敢正视已经1年多没有见面的爸爸。爸爸走时，女儿刚1岁多，她太小了，还不能记住爸爸的样子。

## 二

和朱辉的妻子联系是在微信上，在微信上看到她的家，她和丈夫、女儿在一起的照片。2015年已是他们坚守新疆边防的第21个年头。夫妻俩是21年的“双军人”，她既是军嫂，也是边防军人。

你也是军人，大家工作都忙，你付出得更多，你从来不抱怨朱辉？

微信那头发过来的是笑脸和文字：呵呵，我很少抱怨。

你给我聊聊“双军人”的苦。

呵呵，习惯了，也就不觉得苦了。只是苦了我家女儿。

最想对朱辉说的话是什么？

嫁给他我从不后悔。

我看不到她回答我的问话的表情，但我能从她简短的文字里读出一份深情。

照片里的家是几年前的家，墙上是他们依偎在一起的婚纱照。第二张是一家三口在家里的照片，“双军人”的军装照，女儿在中间，右边是朱辉，左边是妻子张建华。照片后面是一盆金钱树，绿色的叶子长得很茂密，旧叶子旁边还长出新芽。金钱树是南方的室内盆景花，长在南疆的喀什也郁郁葱葱。

另两张照片，一张是年轻时的朱辉和妻子的婚纱照，背景后面是一片油菜花地，那是朱辉家乡夏天的风景。油菜花的世界是两个年轻的军人的世界，没有海拔，没有高山，也没有下雪。另一张也是在老家，朱辉和妻子跟爸爸妈妈在一起的幸福全家照。照片上的女儿很小，看上去3岁多，应该是朱辉维和回来时拍的照片。

照片后面的村子是四川省资中县银山镇朱家乡莲花山村。

开满油菜花的世界就是朱家祖祖辈辈生活的地方。朱辉的爸爸朱德金，是部队转业后被安置到镇上一家公司的工人，一名老党员。老人家在朱辉入伍后经常用雷锋事迹教育他，在部队要做一个为共产主义事业奋斗的接班人。老人现已退休回老家跟母亲一起生活。母亲雷秀英，是一名地地道道的农村妇女，没有多少文化，但为人处世却在他们村里屈指可数。在开满油菜花的莲花村，两位农村老人呼吸着清新的空气，过着清静的小日子。自己养点家禽，听听儿子的电话，日子过得还算舒坦。

女儿朱禹缘到了上学年龄后，就被送到距离喀什市1700多公里的昌吉市，由外公外婆照看。

从此，他们的三口之家保持着三地相守的状态。

朱辉在吐尔尕特，妻子在喀什，女儿在昌吉。新疆三地的距离比内地的三省之间更遥远，女儿在昌吉上学远离父母，朱辉和张建华就制定了《互促守册》相互遵守。女儿每晚10点会准时给朱辉打电话，把电子琴谱弹一遍。女儿每晚10点30分会准时给张建华打电话，汇报当天的学习情况。朱辉和张建华每晚就寝前互通电话报平安。

## 三

从喀什到吐尔尕特170多公里，朱辉没有时间去看望张建华。两人都在基层，都在做同样的工作。

这样的日子从他们恋爱到结婚到有了女儿，21年相聚的距离从来没有缩短过。更何况，再近的距离对于边防军人来说，想回家就回家的事情也不会那么轻松。

新婚刚结束，朱辉就接到了新疆边防总队安排去《法制日报》社跟班学习的通知。学习回来后又要去北京出差，他们刚刚结婚四个月，在一起的时间还没有几天。

在朱辉登上去首都的飞机时，电话那头的张建华哭了。她不抱怨，就得接受朱辉不能每天陪伴她的全部孤单，孤独守望。新婚的家里还没有真正地生活过，没有做过饭，没有在一起吃顿饭。

朱辉带着一张5寸的结婚照上了飞机，他想念妻子的日子只能从照片里度过。

21年，张建华不论遇到多大的麻烦，在朱辉忙碌工作时，她从不打扰他。如果朱辉遇到烦心事，她总是默默地听他倾诉，并安慰、鼓励他。

21年的边防夫妻，用爱一路陪伴。

朱辉用他的8次三等功、1次二等功来回报张建华对家庭的付出。

我在张建华给女儿五岁生日写的文字里，看到了一个母亲、一个军嫂、一个军人、一个女人军装背后的那份柔情和爱。

女儿满五岁了。可是作为父亲母亲的我们却只有在电话里祝女儿“生日快乐”。这已经是我们第三次不能在一起给女儿庆贺生日。

天气预报说今天会有阵雨，一大早就听到秋雨落下的声音，只是有点稀，有点少。这使我想起五年前的今天，也是少雨的日子，女儿是下午三点五十出生的，记得那天上午，婆婆陪着我去医院，挂号、检查，办理住院手续，一阵一阵的疼痛让我感到是那么的无助，终于到了产房，等到的却是医生很严厉的警告：

你怎么来这么晚，明知胎位不正，不能顺产，还不早点来，我们已经没有准备手术的时间了，后果自负。

刹那间，鼻涕跟着眼泪一起往下流，已经忘记了疼痛，无数种想法在脑海中，我真的不知道该怎么办，深深地自责和内疚，感觉到从未有过的冷。不知过了多久，医生来了，让我签字，准备手术。原来是不识字的婆婆一次又一次地恳求医生在

“双军人”与爱女“悠悠”

很短的时间内做好了手术前的准备。八分钟后，听到女儿呱呱落地的声音，我的心终于踏实了，我感觉这是世界上最最动听、最最美妙的声音。女儿，你的出生是如此的不同寻常，上天让我受尽磨难后，迎来了一个健康可爱的女儿，从此，我加入了母亲的行列，多了一份责任、多了一份义务，更多了许许多多的快乐与福分。而从那一刻起，女儿开始了她人生的起点。

女儿大部分时间都由婆婆带着，但她并不缺少我们的呵护，我没有去刻意规划她的成长，女儿成长的每一步都是顺其自然的，我希望她的人生是悠然的、轻松快乐的，所以给她起名叫“悠悠”。

由于工作的原因，我们平时都很忙，只有周末才能陪伴在女儿身边，也许是想弥补平时对她的亏欠，过分地宠爱着她。记得在她四个月大时，第一次“开荤”，让她品尝到了肉汤的香味，看着她红润的小嘴咂得那么香甜，初为人母的我只顾高兴地往她嘴里送，全然忘记了小孩子的承受量。等婆婆发现大呼“喂多了吃不消”时，眼见大半碗已经下肚了。果不其然，女儿从第二天起就拉肚子，这一病就整整一个月不见好，大大小小的医院都跑遍了，不见好转，反而越治越严重，甚至出现了脱水的症状，体重一天天地往下降，头发也被剪光了，额头上一整圈都是针眼。有时看到护士小姐连扎几次都跑针，听到孩子的哭声，我的心痛到极点，像被撕裂。最终决定，不能在医院住下去了。后来，寻了一位老中医，对症开了中药，两副还没吃完，女儿就痊愈了，我细心地把中药方子留下来了。

女儿一岁半时，丈夫参加维和甄选，经过层层选拔，从训练到出国执行任务，整整一年半的时间不在家里，我也因工作

需要出差在外。女儿由婆婆带着，怕婆婆一人带孩子太累，我们把远在四川的公公接来了，女儿被爷爷、奶奶精心地呵护着。可是天有不测风云，那年六月的一天，公公婆婆在送女儿去医院打针的途中，被侧面疾驰而来的小货车撞倒，公公为保护怀中的女儿全身性肌肉损伤，女儿飞出几米之外，吓得脸色煞白，所幸的是右锁骨骨折，头部表层淤血，没有伤及内脏。当我以最快的速度从外地赶回时，急切地抱起受伤的女儿，愧疚的热泪汹涌而出。公公在医院住了二十多天恢复得很好，女儿住了整整一个月，回家继续休养了四个多月，肩膀上的绷带才算去掉。

真是苦了孩子。

女儿，你知道吗，也许是惊吓过度，你连着两天都没有说一句话，可把我们都吓坏了。还好，懂事的你好像知道我们的难过与伤心，看到那么多的叔叔阿姨，还有小朋友来看你，竟然咧嘴笑了。

我曾感慨岁月的神奇，神奇得有点不可思议，女儿痊愈后，在婆婆细致和微的照料下，像小苗般地茁壮成长，似乎在不经意间，女儿正悄悄地长大，今天，女儿满五岁了。

女儿，有你我们真的很幸福。你知道吗？我们有再多的忧愁烦恼，再多的疲惫辛劳，只要一想到你，想到你的一泣一笑，一切都烟消云散了，一切都释然了。

女儿，虽然不能为你庆贺生日，但祝福不会因此而减少，我们把天下最美好的祝福送给你，愿幸福、快乐永远伴随你。

# 我的名字叫军嫂

寒风飘飘落叶
军队是一朵绿花
亲爱的战友你不要想家
不要想妈妈
声声我日夜呼唤
多少句心里话
不要离别时两眼泪花
军营是咱温暖的家
妈妈你不要牵挂
孩儿我已经长大
站岗值勤是保卫国家
风吹雨打都不怕
衷心地祝福妈妈
愿妈妈健康长寿
待到庆功时再回家

再来看望好妈妈
故乡有位好姑娘
我时常梦见她
军中的男儿也有情啊
也愿伴你走天涯
只因为肩负重任
只好把爱先放下
白云飘飘带去我的爱
军中绿花送给她

——歌手小曾创作的《军中绿花》

李翠莉与儿子如影随形

她带着儿子在下雪后的上午等在巴克图站办公楼下的雪地里，绿色的羽绒服在阳光下很耀眼，儿子的手牵在她的手里原地蹦跳。我看到第一眼的画面就这样直接把我和她拉成一条温暖的线。没有距离，似乎很早就相识。她是林雪峰昨天讲述过的妻子。

采访林雪峰后，我特想见到他的妻子。我想知道，她没有送行第二次参加维和的丈夫假睡的那个晚上，她是怎么熬过来的。我想知道，一个连生命安全都没有的军人在参加两次维和期间，他的妻子是怎么度过那些担惊受怕的不眠之夜，我也想看看这个伟大的军嫂背后的坚强是怎样让她独自带着孩子过着有丈夫却又没有丈夫的孤独日子。

林雪峰说，她从不跟媒体见面，她不喜欢被采访。

我不知道林雪峰怎样做通了妻子的工作，把一向抗拒媒体的妻子约到我的面前。

眼前的画面里的绿色走到我跟前的时候。我开口的话竟然是：宝宝，怎么不跟妈妈上楼去，外面太冷了。

宝宝没有接话，军嫂接了：我们在外面转一转。

内心还有抗拒之意的军嫂，并没有敞开她需要被采访的情感。

我们上楼坐坐，外面太冷。

刚下过雪，太阳出来的上午，天一样冷。

面对面地坐在一起时，我们才把目光直接对接，那是女人跟女人之间的对接。我告诉她，我要见她的理由是，我这次行走的边防线，我碰到了好多在边防线上发生的感人故事，也在这些故事当中了解到了边防军人找对象难、结婚难、守家难、回家难、就业难的问题。包括参谋长告诉我们，他第二次参加维和时，你没有送他的那个晚上，你是怎么度过的？我希望听到站在军人背后的军嫂内心真实的声音。

他连这个都告诉你们了？

我说，是。我特理解你假睡的那个晚上的痛。

无声的哭声慢慢开始，以至于我以为听错了，看错了。

是真实的哭泣在眼前，在还没有讲述前。

那个晚上，一个脆弱的女人从林雪峰跨出门槛的刹那间，她泪流满面后，一下坚强起来。

过了一阵子，她稳定了一下情绪后开口了。

林雪峰昨晚回家告诉了我，你们这次写书的内容。

她说，我还是犹豫了一个晚上，见还是不见你们。

潘老师坐在我旁边，我说：这是潘飞老师，中国财政经济出版社的策划，也是这本书的责任编辑。这次跟着体验边防线，做图书策划的人，可能第一次以亲身经历的行走来确定这书的出版价值。

儿子在她旁边跑来跑去，欢快的样子是一种风景。

宝宝，告诉阿姨，几岁了。

8 岁半了。

上几年级了？

三年级。

知道爸爸做什么工作？

爸爸是军人。

在我对话的过程里，她抬起头对着我和潘老师说，我很庆幸这一次选择跟你们见面。

我突然有点想哭的感觉，我感觉到来自她内心那种很深的很深的痛刹那间传递给我。

你们是我第一次正式跟媒体人和作家的见面。我相信，我没有看错人。

我跟潘老师几乎是同时说：真的很感谢你的话，你的信任。

李翠莉与林雪峰的青葱岁月

先说点开心的话题吧。你跟参谋长怎么认识的，谁追的谁？

她叫李翠莉，她是一名军嫂，她是参加过两次维和的军人林雪峰的妻子。她的丈夫在巴克图边检站工作。

她讲完她的“唐僧跟女儿国的国王”结婚的故事后，我就把她改叫翠翠了。

十三年前，相恋五年的我们第一次分离，从乌鲁木齐到塔城距离 600 多公里。

六年前，婚龄五年的我们再次分离，从海地到塔城距离大约 2 万公里。

五个月前，婚龄十一年的我们又一次分离，这次是从利比里亚到塔城，距离依旧大约 2 万公里。

这三次的分离是我记忆最深的，也是分离时间最长的，“分离”好像是军婚的另一个代名词。

当年丈夫的第一任老班长语重心长地对我说：“小莉，当了军嫂就意味着奉献，你得有心理准备哟。”二十多岁的我听到这样的话，只是笑着一个劲地点头，心里满是幸福，因为“军嫂”这个称呼是多么亲切、神圣，现在回头看来，我当年对“军嫂”这个词的理解是多么简单肤浅。

十一年前，大学毕业的我义无反顾地告别了乌鲁木齐的父母、同学、朋友，来到了塔城这个完全陌生的小城，来追随我的幸福，只因爱人在此，塔城在我眼里顿感亲切、可爱。

我们终于又在一起了，还有了自己的小家，我兴奋得像个孩子。

丈夫工作忙，没时间收拾房子，没关系，我从一个小丫头迅速成长为一个家庭主妇，自己找工人，自己打腻子，自己擦玻璃，自己组装家具……这一切都不觉得累，只要能和爱人在一起……

但是半年后，丈夫要去内地进行为期半年的培训，在塔城人生地不熟的我怎么愿意让他离开，丈夫懂我，但也告诉我：“傻丫头，别忘了你现在是军嫂，你也得遵守军令啊。”是啊，军嫂，我是军嫂，那就送别吧……他提着行李关门的一瞬间，我泪如泉涌……我第一次对“军嫂”这个称呼有了不一样的认识。

女人对于婚礼和蜜月有着太多浪漫的期待，而在我和丈夫领证一年后，丈夫才有时间回乌市举办婚礼，举办完婚礼的第三天他就匆匆赶回部队，我的蜜月注定是没有了，我对他说："你永远欠我一个蜜月。"他笑答："等我退休了给你补一个，你说去哪儿就去哪儿。"我们相视而笑，默契地不再谈此话题，因为我们彼此知道旅行可以有无数次，但蜜月只可能有一次，错过了时间意义将完全不同。好吧，谁让我是军嫂呢，蜜月也就不再奢求。

两个人的生活是简单快乐的，两个人的生活应该也是军嫂最幸福的时刻，纵然分离，彼此照顾好自己也就够了。

幸福的日子从指间慢慢划过，2007 年我们迎来了一位天使——儿子出生了，儿子的出生给我们带来了无尽的快乐，当然也伴随着无止境的忙碌，我们一家三口能够幸福地在一起这就足够了。

2008 年年初的一天，丈夫回家兴奋地对我说，他想报名去海地维和。维和？我对这个词的理解和记忆还只停留在电视里，维和意味着什么？我首先想到了安全，我告诉他我不同意，那样的地方太危险，我只想一家三口平平安安地在一起就好。丈夫在那几天里给我不停地做起了思想工作，告诉我维和并不像我想像的那样危险，安全是完全可以保障的，在他完美的"欺骗"下，我终于同意了，我得尊重一个男人的理想，得尊重一位军人的信仰！

丈夫又离开家走了，从离开家选拔、培训，到海地执行任务，这期间是一年半的时间，500 多个日日夜夜……

丈夫不在家，我父母不放心我一个人，两位老人舍下自己

爱情结晶让全家人十分开怀

的家，从乌鲁木齐赶来帮我看孩子，为的是让丈夫解决后顾之忧，让我也安心工作。

我下班后就让父母休息，自己来带孩子，每当在夜晚看着襁褓里的儿子，我的眼泪就无声地滑落，这眼泪里包含着浓浓的思念与牵挂，包含着独自一人抚育孩子的辛劳与疲惫，包含着自己的心酸与委屈……

丈夫在海地的日子里，我一天天数着日历度过，每天接到他的国际长途是我最开心的时刻，知道他平安就好。

丈夫在海地期间，站党委为了官兵能住得安全，要把我们的房子全部腾空维修，站领导考虑到我家的实际情况，要派专人来帮我搬家，但我得自己先打包呀，于是我利用每天晚上下班后的时间把家里的东西整理封包，每天收拾东西时，我就感慨，搬家怎么这么复杂啊，东西怎么这么多啊。

有一次我收拾东西到深夜，腰酸背痛累极了，脆弱的眼泪不争气地又流了下来，我问自己：在娘家从小被宠的自己为什么要受这份累，别人家里这样的活怎么可能由一个女人完全承担，难道就因为我是军嫂吗？但哭归哭，活还得干啊，哭完了擦擦眼泪继续干。

2008 年 7 月 1 日，丈夫正在廊坊做出征前的培训，这天清晨七点多我打电话给丈夫，向他送去生日的祝福，体贴的丈夫电话里感觉情况不对，因为新疆和内地有两小时的时差，清晨七点的新疆人还大都在睡觉，他问我怎么会这么早打电话祝福，而且我身边的声音很安静，又不像是室内。原本强装正常的我被丈夫识破了，是的，我不在家，清晨七点的我正在医院的林荫路上来回踱步，孩子病了，急性肠胃炎，上吐下泻，傍晚把孩子送到了医院，我一夜没睡，而当时来帮忙看孩子的婆婆也病了，也在医院打针。七月的新疆正值酷暑高温，忙碌着同时照看孩子和老人的我也中暑了，但我不敢也不能倒下，我躺倒了，孩子和老人怎么办？那一刻的我感到从未有过的无助，听到丈夫的声音就是对我最大的慰藉，这一次我没有哭，我不能让丈夫担心，我相信自己可以挺过去。是的，我做到了！

2009 年 6 月 18 日，是丈夫从海地回到塔城的日子，我去机场接他回家，原以为见到朝思暮想的他，自己会痛哭流涕，但事实上我在机场却没有哭，没有他在身边的这 500 多个日夜，作为军嫂，我成长了太多……

丈夫走时儿子才九个多月，等他回来儿子已经两岁多了，小家伙见到爸爸一句话也不说，甚至都不肯叫一声“爸爸”，只是在我怀里怯怯地看着面前穿军装的家伙，我给儿子“介绍”这就是照片上的爸爸，终究是血浓于水，儿子终于叫他“爸爸”了。

原本以为日子可以这样平静地继续，2013 年的一天，丈夫在晚饭后小心翼翼地对我说，他还想去利比里亚参加维和，听到这个消息，我不记得当时脑子里在想些什么，只是保持沉默，在此之前，丈夫其实给我打过预防针，但当我真正听到这个消息时，却说不出一句话来。

我终于平复之后问他：“难道已经有一次维和经历还不够吗？你还要让自己去吃苦受罪，还要错过一次儿子的成长，还要抛下我一次吗？”丈夫听到我的话也愣了，他也没想到我会有这么大的反应，他以为我会平静地接受。他低头良久后，温和地对我说：“你知道维和情结吗？正因为我已经去过一次，

所以这次有这样的机会我不想放弃，我还想再圆一次军人的梦。”我懂了，平静片刻后，我告诉他：“你要真想去就去吧，我不会扯你的后腿，我支持你的任何决定。”丈夫什么也没说，给了我一个温暖的拥抱。

就这样，我的丈夫踏上了第二次维和的征途。

丈夫出征后，我们的儿子上了小学一年级，由于孩子没有上学前班，孩子和我的压力都很大，我和孩子每天晚上的内容就是三项：吃饭，练琴，学习。孩子的课业负担比较重，为了和孩子一起渡过这个难关，我尽量推掉了晚上一切应酬，尽量每天在家和孩子一起学习。

老话就说“学海无涯苦作舟”，孩子从幼儿园直接跨入小学，这期间跨度太大，需要孩子逐步适应，每当孩子情绪、心理上出现问题时，是我最无助的时候，别人家里可以夫妻一起商量解决方案，而我只能靠自己。

每到周末，我会和孩子一起出去到处走走，有很多次都碰到认识的一家三口也在散步，终于有一次那家的妈妈问我：“怎么每次都只见你和你儿子两个人啊，你老公又不在家吗？你们是不是……”我明白这位妈妈的意思，我笑着告诉她，我和老公好着呢，他只是出差了。

是啊，儿子作为军人的后代，我们亏欠他的太多。

去年，有一次儿子生病，我下班后带他去医院看了急诊，在医院的候诊长廊里，儿子看到另外两位小朋友都是爸爸妈妈一起陪着来看病的，儿子发着烧靠在我肩头，突然轻轻地对我说：“妈妈，我爸什么时候也陪我看次病啊，我每次生病都是你一个人陪着我，晚上发烧也是你照顾我。”听到儿子的问话，

我心里一阵酸楚，我对儿子说：“爸爸很爱你，也想陪你呢，他是军人忙啊，你是军人的儿子会很坚强，我是军人的妻子也会很坚强，没关系，我们没爸爸陪也能看病，对吗？”儿子听完，重复着我的话，一脸的坚强。

没有爸爸在家的儿子常说他就是家里的男子汉，他要替爸爸照顾妈妈。一个周末的晚上，我乏力地躺在了沙发上，儿子给我盖上了被子，但我还是觉得冷，我对儿子说自己可能发烧了，儿子赶忙给我拿来了体温计，还帮我夹好，体温 38.5 度，儿子说：“妈妈你也得去医院吧？”我说：“先不用，家里有药，先吃药看看，我觉得没问题。”儿子连忙给我拿了药，端了水，把药亲自喂在了我嘴里，又跑去准备了一块湿毛巾，他说：“每次我发烧你就是这样照顾我的，现在你病了，我爸不在家，该我照顾你了。”说着把湿毛巾轻轻地放在我的额头上，又摸摸我的脸。第二天清晨，我醒来感觉自己好多了，儿子说要照顾我昨晚就睡在了我的旁边，他听到我翻身的动静，眼睛没睁开呢，却把小手伸过来放在了我的额头上摸了摸，说了句：“终于不烧了。”说完又翻身睡去。平日里坚强的我此刻却忍不住流下了泪水……心里默默地说道：“感谢你儿子，一直陪着我！”

作为银行职员，我的工作用我妈妈的话来说：“全家属院你算最忙媳妇之一。”银行工作压力大，而我主管的国际业务风险更大，需要付出更多的精力才能保证业务的安全性，我上班时尽量发挥最大效率把工作做完，这样好回家照顾孩子，但有时必须加班时，我就把儿子带在身边，儿子对我的办公室和单位食堂很是熟悉。

李翠莉与林雪峰一组生动有趣的结婚照

李翠莉与儿子亲迎维和归来的丈夫、爸爸

单位很多同事问过我："你还年轻，又是本科生，为啥不想着当领导呢？自己以后会后悔的。"我只能笑答："我这个人没上进心呗。"因为我明白当了领导的人会更忙，要经常出去应酬，加班，出差，那孩子怎么办，孩子的成长只有一次，家里总要有一个人陪伴年幼孩子成长吧。

作为军嫂，我愿意这样体现我的人生价值：在社会上做个良好公民，在单位做个优秀的员工，在孩子眼里做个合格的母亲，在丈夫心里做个称职的妻子。

"军嫂"这个称呼我已拥有十二年，这十二年里有苦，有泪，但这个身份也让我拥有了别的女人不曾拥有的幸福与骄傲。

你现在还会想起那个夜晚，你觉得被抛弃的夜晚？
翠翠说，会偶尔想起。

那时，当儿子睡觉后，她每天站在目送丈夫去维和的那个晚上的同一个地方，同一个黑夜的窗户前，她把所有孤独的、煎熬的、寂寞的情绪，从黑夜里一点点地装进心里。她把之前脆弱的自己也慢慢地送进黑夜里，那个女儿国的国王从此成了坚强的女汉子，坚强的军嫂。可以不依赖丈夫，能独自带着孩子撑起一片天空。

有朋友经常关心地问她：你们经常这样分开，你的婚姻还有意义吗？

她笑笑，没有说更多。

还有的朋友会更直接问她，林雪峰去参加维和，你能拿多少钱？

100 万可以吗？她想都不想直接用一个虚似的数字回道。

再后面，翠翠把这些自认为是好朋友的人删除了，她高贵的内心里不想让这些暗色的影子存留在记忆里。

翠翠说，其实第二次去参加维和时，一开始林雪峰认为我把孤独的情绪渲染了、扩大了、加强了。他想，我有儿子在身边，父母有时也能

一家三口其乐融融的小聚会

帮帮忙，没有那么苦。刚开始他去利比里亚，我会经常在电话里跟他吵，有时一句话不说，我希望他能理解我的感受。有时他很忙，根本没有办法在电话里沟通。回来后，他整个人都变了，变得会表达了，也会考虑你的感受了。

是不是他第二次维和碰到战友离婚和失恋的事，他觉得家庭危机也像战争一样可能随时爆发，触动很大，而且是一场无法和解看不见硝烟的战争？

是的，应该是。他第二次回来后懂得表达他的感情。每次下班他第一件事是轻轻地抱抱我，轻轻地摸摸我的头说，我爱你。他是发自内心的情感。

每个月都会送一些小礼物，夏天热时，送个小电风扇、甜瓜、仙人球。每逢七夕、生日、新年都会送一些礼物快递到办公室。办公室的同事开玩笑说，哪个帅哥又追你了？

你是军嫂，用你经历过的内心体验你会对未来的军嫂说些什么？

不要伤害军人，军人是外表刚硬内心脆弱的男人。如果你做好了要成为军嫂的所有心理准备，有足够的爱去克服未来生活中的苦难，你可以选择军人。如果你不爱他，也没有心理准备，请不要选择军人。如果你选择了他，跟他离婚了，那是对军人最大的伤害。

翠翠讲完她的唐僧和女儿国的国王的故事后，林参谋长也过来了。潘老师帮我们拍了一张合影，又单独给参谋长一家拍了一张全家福。

幸福的全家合照从绿色的羽绒服的颜色里弥漫成和平绿，三张笑脸合成一个整体，那是幸福的一家。

开始下段行程后，我给翠翠发了个短信：翠翠，我们离开巴克图口岸去托里了，感谢你带给我们的真情故事，感谢这样的成长历练人生。当你下次面对黑暗的夜晚凝望黑夜时，请在任何时候跟我心灵对话。

翠翠给我回复：我得感谢自己，因为理性，没有错失与你和潘飞的相识，你们让我跟随你们的脚步，看到了别样的世界！我更应该感谢你们。

中国
355
2
1997

# 写完 181 封情书之后

我回到深圳后，在微信聊天里告诉她，我喜欢蒙语版的《鸿雁》，那才是鸿雁诞生的地方才有的歌。

她说，她也喜欢蒙语版的《鸿雁》。

我问她，你还喜欢你家乡的什么？

她说：喜欢家乡的五角枫、敖包、农田、马队、那达慕。喜欢三毛的所有书，张爱玲的书。同学说，她被三毛的书毒害了。

喜欢泰戈尔的诗：生如夏花之绚烂，死如秋叶之静美。

然后她发送了一个视频给我，视频里是她的家乡兴安盟，很现代化的县城。有城里所有的夜景，五色灯光照亮着县城的所有街道。也有大片的五角枫长满她家乡的山坡，五角枫长在兴安盟就长成了她家乡的样子，圆圆的树顶像敖包的圆顶。

一棵树长成一个地方记忆的标志，只有五角枫有这种情怀。

那天晚上，她还告诉我说，她们上高中时喜欢在枫叶上写一些自己喜欢的词句或画个图案，送给同桌。有时把枫叶做成标本夹在日记本中间当书签。

我就特喜欢这样跟她聊天，她总是很慢，半天才回答我一句。这跟我见到她时不像一个人。

我说，你能把你们当时的蒙语诗发给我吗？

她说，这个也要呀？

我说我喜欢感兴趣的东西。

她半天也没有发送，然后我在她消失的微信里回到我见到她的现场。现场在红山嘴边防检查站借住的营房。

她来到我面前，很急迫。

我是打完卡过来的，中午还要打卡下班。

你是老师，还要打卡？

是呀，打卡上班，打卡下班。我不想请假。

瘦瘦小小的她，直爽，快语，简单，明快。她叫陈高娃，来自内蒙古草原兴安盟。我从她透出的气息里看不到蒙古格格的影子，华筝的影子不是陈高娃。

她似乎也有华筝的影子。

她，在写完181封给男朋友的信后，辞了工作，从科尔沁中旗坐车4个多小时到通辽，再从通辽坐大巴10多个小时到呼和浩特，再从呼和浩特乘飞机4个小时到乌鲁木齐，从乌鲁木齐乘火车到了北屯市，最后从北屯市坐班车到阿勒泰。她整整坐了48小时的车来跟她的白吉日木图相会。

181封信中该有多少甜言蜜语

她瘦小的身体里的能量足以

打败我对感情的迟钝，这么勇敢的女孩，她是陈高娃。这么幸福的红山嘴的边防官兵，他叫白吉日木图。

她带着她的181封情书来到我面前，她只让我们拍了一些信封，没有让拍内容，也没有让拆封。

她问，这个是很隐私的信件，也要拍也要知道呀？

我笑了。

她不需要分享全部，还是尊重她把信封装好。

181封情书是白吉日木图当兵来到红山嘴后，陈高娃每天写给他的手写信。在前哨班，有时没有信号，电话交流不方便，工作时白吉日木图也没有时间跟陈高娃在电话里说话。陈高娃只能靠书信来传递她跟他相隔几千公里的思念。

陈高娃是1990年出生的“马”，2012年上半年从内蒙古师范学院毕业。她跟白吉日木图是同学，在内蒙古师范学院的师生湖畔，他们就约定好：我就在这里一直等你。

我的肩膀是你一辈子的依靠

白吉日木图，一米八的个子，很帅。在学校时，白吉日木图就对陈高娃说：我喜欢当兵，当一名军人是我的梦想。高中时，白吉日木图陪着同学去应征。大学毕业了自己去应征。2012年7月，刚刚大学毕业的他如愿应征入伍，他去的地方是新疆阿勒泰的红山嘴。

他走时，陈高娃说，我在相约的地方等你，等你完成心愿退伍。

她在写完181封情书后，等不到白吉日木图完成心愿，自个独自像彩云追月地来到雪山孤岛。

陈高娃在阿勒泰租了房子，在一所学校当了老师。她追过来的日子里并不能天天见到白吉日木图。结婚证领了两年，还没有时间举办婚礼。

她看到的边防现场比她想象的更艰苦，在草原上的所有期待都在来到边防营时全部落地，再也生长不出来想象的翅膀。

她不顾一切追赶的爱情让红山嘴的边防官兵羡慕不已，我到达红山嘴的第一个信息就是陈高娃的181封情书的信息。这个信息像幸福的电波一样每天无数次地传递给到这里的每个退伍的官兵、新来的官兵。

红山嘴那些单身的官兵每个人都希望有这样的电波传递过来，好让自己像白吉日木图那样幸福。

我是你一辈子的白雪公主

在孤独、寂寞、遥远的雪山孤岛，在面对一座山、一只飞在头顶的老鹰都能动情的雪山。有一份简单的爱情，受苦受累也能满足。

现实是大多数边防官兵无法得到这样简单的爱情，他们在孤独寂寞的坚守里，逐渐把人性本来最热烈的感情都慢慢地一点点地消耗在了荒芜的边疆无人倾诉。

我去红山嘴时，白吉日木图

2016 年 1 月 13 日，我们在家乡终结连理

去广东学习去了。我没有见到他本人。

我见过的他是从照片里看到的他，英俊、帅气。跟他相爱的女孩陈高娃在绿色的世界里，那里有他们学校的湖畔，有草原，有南方，有他们曾经在一起的所有美好的画面；有鸿雁一排排一对对向南向北飞翔后到达家乡的五角枫、敖包、农田、马队、那达慕。

还有蒙语版的《鸿雁》里，悠扬的马头琴声传送的深秋：鸿雁天空上 / 对对排成行 / 江水长 秋草黄 / 草原上琴声忧伤 / 鸿雁 向南方 / 飞过芦苇荡 / 天苍茫 雁何往 / 心中是北方家乡 / 鸿雁 北归还 / 带上我的思念 / 歌声远 琴声颤 / 草原上春意暖 / 鸿雁 向苍天 / 天空有多遥远 / 酒喝干 再斟满 / 今夜不醉不还。

# 把诗写在雪山孤岛

## 一

2015年9月26日红山嘴边防检查站在一场大雪里闭关撤回借住的营区，他们是靠其他单位的铲车帮忙铲雪、一段段护送才把全班人马安全

送下山的。如果再晚一点，所有的人都会困在雪山孤岛，一时半会儿下不了山。大雪封山不能去红山嘴前哨班，我们就在红山嘴借住的营区看一些红山嘴前哨班的现场。那些现场在照片里，在我们的视线里的一个个镜头里，它远离着我们的欣赏，又接近着我们的想象。

视线里是幻灯播放的前哨班简单的几间房子，房子坐落在山上，一间房子睡十多个人，夏天还下雪，还穿棉衣。空镜头是夏天的蓝天、白云、绿色的牧场，9 月的白雪、老鹰、山谷，还有红山嘴边防连的护院犬。

有些图片很美，很诗意，打动了我。

我问，谁拍的照片？

坐在我对面的放照片的人说，他拍的。

他在放照片的时候就没有说一句话，他把电脑里的照片一张张设置成幻灯模式，图片在播放的过程中，他也在图片里走进他拍摄的现场，他工作的现场。

军营里的“文艺青年”张健

他不是摄影师，这些都是他在前哨班下班后，在寂寞的时间里，拿着相机去追逐着云、蓝天、鹰、护院犬、雪山、牧场，随意拍下的景物。

他把这个休闲时的摆弄叫打发寂寞。

他还在黑夜里人们都睡下时，写点很文艺的诗。他只给自己欣赏，他不知道是不是诗。

坐在我面前的还留着青春的气息里的一抹忧伤，淡淡地挂在他的眉头。谁都不会注意的这抹忧伤，像他的图片里雪地上的一抹忧伤一样，

直扎我的眼睛。

他叫张健，高考进军校的大学生军官，刚刚到红山嘴一年多。

刚硬和柔软是张健坐在我面前突出的性格。他柔软时，可以坐下来写诗，他刚硬时找不到他情感里写诗的痕迹。

## 二

90 后的张健 2010 年高考进入军校，2014 年 7 月到红山嘴工作，在营区呆了 10 多天，就去前哨班了。

他上军校的时间很长，工作的时间很短。毕业前想象的工作的边防和现实的边防在他到达红山嘴前哨班的一周后，全部颠覆。

红山嘴边检站在新疆阿勒泰福海县境内北部，海拔 1800 米，与蒙古国巴彦乌列盖省接壤，属于季节性口岸，由于天气经常下雪，6 月份之前 10 月份之后大雪封山。

2012 年红山嘴边检站挂牌成立，作为新站及小站，面临的最大问题就是一站两地人员极度缺乏。6 月初口岸开关，一辆大车装满了人，一辆东风装满了生活物资，然后两辆大车浩浩荡荡地开往红山嘴。

按照法律，口岸上从国门到联检大厅都属于边检的管辖范围，边检的正规程序是国门到口岸限定区域属于监护中队监护及车体查缉，联检大厅内由执勤业务科负责进行人员、行李物品检查及人员验放。由于人员缺乏，每个岗位检查员都必须涉足，而且必须精通。

张健作为一名新检查员，在联检厅的时间比较少，验放旅客的数量少。大部分时间是在国门进行监护和车体查缉以及孔道卡门的监护。

每天 8 点起床，然后出操、整理内务、洗漱。每天最难受的就是出操，在海拔将近 2000 米的地方跑山路确实是一件让人纠结的事。9 点

红山嘴的美景

多开饭，炊事员需要早起半个小时烧火准备做饭。由于生活物资运到山上非常不容易，所以吃菜都需要小心翼翼，控制饭量不能浪费。

9 点半开上勤会，执勤科科长安排完一天的工作后，他们就穿戴执勤装备开始了一天的工作。在国门执勤的岗位时，需要走 2 公里孔道到国门。路旁有一条溪，雪山上流下的雪水清澈见底，溪水流到孔道的中途有一个大坑，长年的流水已经形成了一个小型湖泊。大坑是当年人们挖金子留下的痕迹，这里曾经是一片草坪，由于人为的破坏，大坑周边再也长不出草，一片戈壁和周围的草坪形成了鲜明的对比。

20 分钟到达国门然后开始打扫哨房。

哨房是一个 5 平方米的简易房，破旧得到处是洞，老鼠每天会在这里面留下很多“礼物”。房里面有一个破桌子和两个椅子。

一切就绪后，等待出入境旅客，对他们的车辆、货物、证件进行检查。在国门是一个隔绝手机信号的地方，你只要站在那里，就没有跟外界联系的信号。

其实口岸的工作很简单，但是又很重要，作为国家的第一道关卡，一定要把违禁物品阻截在国门外，对每一辆车和每一个行李查验得很仔细。

吃完晚饭大家有时候会练兵学习业务或文件，有时候会去劈柴，修理水电暖，装订狗窝，修理家具。

前哨班的执勤科长唠叨得最多的一句话是：你先不要说你不会，你先去干，遇到什么困难再说。这句话的成因是口岸执勤点的一切生活工作都必须由他们自己动手去解决，但是很多工作都是技术型的，没有工具没有技术根本就完成不了。特殊环境逼迫着他们去想各种办法去解决问题。

口岸风景很美，有“小喀纳斯”的美称。张健第一天上山的时候确实是被幸福溢得满满，感觉在这样的地方执勤真是太爽了。

看天也成了一种乐趣

阿勒泰的天蓝得都不真实，阿勒泰的空气干净得像透明的纸，阿勒泰的顽石垫高了阿勒泰的脊梁，这是海拔2000多米的边检站，一排平房，一个小型篮球场，一面迎风飘扬的国旗，国旗下坚挺着两块大黑石，四个红红的大字“忠诚”“使命”。拂过凹凸的平面，时间在上面刻下一道又一道痕迹。岁月流逝，你可懂得它的灵魂？

可是不到两个星期，每天都处于睡眠不够、无精打采的状态。再美丽的景色会有视觉疲劳的时候，单调的生活会有厌烦的时候，而最累人的是，这里从没有周末。张健只需要记得什么时候要开关，什么时候要闭关就好，有了休息日就好像久旱逢甘霖一样。没有周末就不能多睡一个小时的懒觉，没有周末思想就要每时每刻地想着工作，耳边天天要听着工作，怎一个“累”字了得。

从陌生的环境到和院里的大狗熟悉，从陌生的人到和前辈谈天说地，张健时刻提醒自己忘记那个当了十几年学生的“我”，想着自己正在基层部队。这短短的一个星期，他自己感觉就像一只迷茫的羔羊，在大漠中去寻找，却不知道要找什么。

院子里摆放了很多好看的石头，大大小小，五颜六色，是在营区背后的山上找的。

在前哨班下班后，生活很单调，张健在工作后两个月，攒了一部佳能70D。

营区前面有一座山，山上有一群友好的“邻居”——鹰。它们每天低空掠过头顶，或是安静地驻足在屋顶看着忙碌的前哨班的喜怒哀乐。

这时，张健就会追着鹰飞翔的轨迹去快速按着70D快门，追着鹰群自由地飞翔。这种飞翔，张健知道，那是他向往的自由。

空阔的天可以放飞高远的梦想

在前哨班休息时，他会看《命中注定》的电影，电影翻拍自 1994 年出品的美国电影《我心属于你》。看完电影后他希望马上去意大利，在那里看看罗马古城。

他说，以后转业了一定要去《命中注定》的拍摄地看看。

## 三

在新疆伊犁霍城县伊车乡长大的张健，小时候，爸爸妈妈去种果树，或者秋天收水果的时候，总会带着张健去地里。

每天早晨 8 点钟雷打不动。

爸妈在地里干活，张健自己一个人在地里玩。那块水果地有十几亩，很大很空。有苹果，“掉死干”杏子。最好吃的是“掉死干”，熟了后自己会掉下来，晒干后内核很小，皮很薄，不打农药，很甜。

爸爸干活干烦时，如果张健调皮，爸爸也会打张健的。

小时候的他顽皮，抓野鸡，在山沟里烧着吃。

从小喜欢吃肉，因为邻居是维吾尔族，家里经常吃羊肉，只要有手抓肉总会给张健。这样，张健也成了天天吃肉的孩子。

他想考军校的原因是不用交学费，四年可以减轻爸妈的经济负担，还能在部队历练自己。

上军校时，张健把每月的生活费攒下来，假期去旅游，他是背包客，坐很便宜的车，住很便宜的青年旅社。他的第一站是北京，这是他

张健的父母及家里的果园

父母最想去的。去过怀柔攀岩，上过武夷山、张家界，到过凤凰古城、西安、洛阳、杭州。在杭州西子湖畔，7 点多的西湖，张健看到很多老人在美丽的湖边打太极，太极柔美的画面伴着花白头发的老人，背后是碧波荡漾的湖。

那一刻，张健在早晨的 7 点钟拨通了母亲的电话。

妈，杭州太美了，这里的老人都很幸福。我以后有能力了也让你和我爸过上这样的晚年生活，让你们在有湖水的地方幸福生活。

张健打电话的声音是哽咽的，母亲那头听电话的声音是含糊不清的。那个从杭州西湖边打给母亲的电话，说出了张健长到 20 岁后最想说给母亲听的话，表达了希望以后让父母亲过上的日子的心愿。

他总是问自己，当一个人情绪低落的时候，应该做什么？他自己回答：他会格外喜欢看日落。

有时，他会在一个人的时候，想想父母的水果园，一想，感觉父母都 50 岁了，很恐慌，自己什么都没有干，父母就开始老了。他会在冬雪里伤感，伤感自己的青春，伤感父母的年纪。

看着星星站哨时，张健的世界是诗意的世界，那个世界里装着最纯粹的文字、情怀和想象。他的眼睛注视着前方，目光望着远方的孤寂。这个时候，张健才是写诗的那个张健。

## 四

张健曾经问过自己：我为什么要来部队？

没有自由，远离城市，天天训练，天天站岗，一年只能见父母一次，谈恋爱也只能是异地恋。

这是我想要的生活吗？

我有我的姿态

然后他再反问自己：我想要什么样的生活呢？如果当年我18岁没有进军校，那现在的我又会是什么样？我们羡慕着别人的生活却也同时被别人羡慕着。

部队到底可以收获什么？这个问句他不能肯定地去用文字表达。每个当过兵的人都在心中有一份自己的答案，若干年后，他们会对自己的孩子说起这段经历，会寻找那个睡在上铺一起吃过苦的兄弟，找个小饭店互诉衷肠，会在遇到困难时咬紧牙关告诉自己再坚持一下，也会在安静时独自面对镜子穿着便装对自己敬个礼。黝黑的皮肤也会变白，挺拔健硕的身躯也会大腹便便，时光会残忍地带走一切，却无法带走当兵人脑海里的东西。说它是精神也好，说它是信仰也罢，总之，这个东西永固心中。

张健喜欢的第一首诗是席慕蓉的《一棵开花的树》，第一次读到时，他12岁。

如何让你遇见我
在我最美丽的时刻
为这
我已在佛前求了五百年
求佛让我们结一段法缘
佛于是把我化做一棵树
长在你必经的路旁
阳光下
慎重地开满了花
朵朵都是我前世的盼望
当你走近
请你细听
那颤抖的叶
是我等待的热情

而当你终于无视地走过
在你身边落了一地的
朋友啊
那不是花瓣
那是我凋零的心

他喜欢的诗承载着他年少的故事，从青涩到成熟。

**海子的《面朝大海，春暖花开》**

从明天起，做一个幸福的人
喂马，劈柴，周游世界
从明天起，关心粮食和蔬菜
我有一所房子，面朝大海，春暖花开

从明天起，和每一个亲人通信
告诉他们我的幸福
那幸福的闪电告诉我的
我将告诉每一个人
给每一条河每一座山取一个温暖的名字
陌生人，我也为你祝福
愿你有一个灿烂的前程
愿你有情人终成眷属
愿你在尘世获得幸福
我也愿面朝大海，春暖花开

**郑愁予的《错误》**

我打江南走过
那等在季节里的容颜如莲花的开落
东风不来，三月的柳絮不飞
你底心如小小寂寞的城
恰若青石的街道向晚
音不响，三月的春帷不揭
你底心是小小的窗扉紧掩

我达达的马蹄是美丽的错误

我不是归人，是个过客

他青春的马蹄渐行渐远，那些流淌在纸上的文字记录了他最美好的青春。他不是归人，是个过客，愿青春不悔。

## 五

张健喜欢小资情调的生活，在温馨的咖啡馆喝杯蓝山，听听音乐。有空闲时写写诗，抒抒情，拍些美景。那是一种他向往的生活。

他说起这些美好的向往的时候，有种淡淡的忧伤。那忧伤是青春多愁的那种忧伤，他陷在自己设计的美好遐想里伤怀。

年轻人的理想如彩虹一般多彩

我不知道我应该继续呆在边防，还是退伍。我很迷茫。我真的喜欢开一个咖啡馆，在那里安静地读书、写诗，过自由的生活。

张健有点失意地说他的向往，也会突然阴郁起来。如果不来边防，他在爸妈面前还是个小孩，有爸妈规划他的未来。

我鼓励张健，当你把诗写好的时候，把兵当好的时候，你向往的东西都能得到。每个人的心中都有一轮升起的太阳，那轮太阳照亮你的时候，也是你的人生饱满的时候。不用忧伤眼前的迷茫，去为未来的每一天努力着做自己应该做的事情。

张健说，他自己选择的路会走下去的。当他休假的时候，希望带着他妈妈去看海，在天涯海角，在阳光海滩。海浪拍打脚丫，海面波光粼粼，倒映着他和妈妈的影子，妈妈的影子随着波浪笑得很开怀。

我希望张健的梦想一定能实现，大海在我们的心里，也在遥远的岸边。如果在心里，它一定在心里生根发芽。

张健和军营里的小伙伴们

当我坐上车离开红山嘴借住的营区时，正要发送信息，却收到了张健发过来的短信：老师，一路顺风，在工作最繁重迷茫的时候遇到伯乐和知音，就好像独自漂泊在大海孤寂的时候遇到一座灯塔，照亮了我前进的道路。很久没动笔写东西了，却发现真的失去了本心，我会继续努力，写出更多更好的东西。

**附：张健的诗**

**你的背影（写给军嫂的诗）**

深冬的某个夜晚
你安静地注视着远方
寒风划过耳廓
挺了挺僵硬的脊梁

我爱你，边疆

你的背影，拉长了黑夜

你的背影，也许
是一丝淡淡的忧伤
是一首思念的情歌
在黑暗里骤然苏醒
一切都是完善的

你的背影，也许
是一首爱疆报国的诗篇
是一段坚韧担当的历史
在歌者的唇边婉转低徊
白雪皑皑的冬天，因你
比所有的春天更让人留恋
有你的背影就够了
有你，就够了

别回眸，你的目光会灼伤
一个孤独的灵魂
从此，我与你驻守边疆
从此，我把心儿飞翔
在沉默闪耀的星空
在辗转反侧的梦乡
我爱你，像阳光一样如此明媚

张健还写道：今天是特殊的520，我的战友们还在繁忙地站岗，工作，执勤。当朋友圈不断刷新着各种秀恩爱，我希望告诉人们，还有一种恩爱，叫作“等待”；还有一位美人，叫作“军嫂”。感谢军嫂们这么多年默默地付出，感谢你们的信任和守护。军人守护了祖国的安全，而你们守护着军人内心最柔弱的爱。

被风吹散的柳絮
毛毛的、柔柔的
刺激着少年的脸颊
这个午夏
阳光有些明媚
我，有些想你

钢枪如此的炙热

茫茫雪原藏纳着战士们的梦想

才华也会让一个人孤独

灼伤了少年的寂寞
思绪突然地迷离
说不清，道不明

远方的姑娘
我爱你
像这阳光一样明媚
照亮了我激荡的胸怀
愿此刻的风儿带去我的爱恋
愿天上的云朵拭去你的泪珠
原谅我还在驻守边疆
默默地守护着你
守护着对你一生的承诺

## 一个故事

暴雨倾过的夏季
夜也选择无语
你明白的孤寂
是泪划过的痕迹
躲不过的结局
终会变成回忆
你陨落的天际
有一条灿烂的弧度
平移　翻转
你微笑的世界
我默然逃避
一个故事而已

边境线也是生命线

何必如此痴迷
窗外又点点滴滴
又是一场语意
也许可以
在你的弹孔
看到所有的过去
破碎的，破碎的
一个故事而已

**原谅我一生不羁地爱自由**

别问我为什么
为什么会孤单
这是你不懂的世界
从昨天到明天
从朝阳到星辰
我总在安静地思念

别问我为什么
为什么会迷惘
这是你看不到的地方
一块寂寞的黑石
一杆飞扬的旗帜
我总在　默默地仰望

如果有一天
我变得面目全非
如果有一天
我在阳光中消逝
你会不会不经意间
记起曾经的我

我想逃离这个世界
在没有星星的夜晚
翻墙而过
也许会在某个河边
有个等待我的姑娘
她美丽的容颜
深深让我着迷
我愿化为流水
长久陪伴

原谅我一生不羁地爱自由
这短暂的一生
没有终点的开始
没有征兆的结束
别问我自由是什么
因为
我不曾拥有

（本节全部图片由张健拍摄）

# 我家住在界河边

我家住在界河边，祖国母亲在心间。

种田放牧护国土，世世代代守边关。

一进村子，路左边的墙上就醒目地用红油漆写着这个标语。房顶是红色的塑钢板，每家的屋顶都用红色的油漆画着一面国旗。

我、潘老师、李康强一边背着标语一边踩着声音进了村。有点回到小学生时候的样子，就这四句，背了前面的后面的都忘了。

每家屋顶都有一面国旗

进村的马路是新修好的柏油路，上面铺满了好多羊粪、牛粪。

我们踩着牛羊粪进的村子叫萨尔乌楞村，号称“边境第一村”。村子里全部是政府统一修建的富民安居房。每家的牛羊都回来了，房前的草料房上都码着过冬的干草，每家的门口都有几堆牛粪，场景有点像几十年前我家乡的草原。

村子离边境线仅仅 100 米。

村子里的墙上画着马合沙提，墙上还画了一匹马。马合沙提骑在马上，手里拿着一根马鞭子。上面有两行大字：一根马鞭子，两代护边员。

村子里有所小学，从学校的台阶上望过去就是哈国的边境线。

一进马合沙提家的房门，墙边贴着《护边员守则》。里面的房子满墙贴满荣誉证书，后面的墙上挂着各级领导来看望他的合影。他主动地指着荣誉证书和领导合影告诉我什么时间，是怎么获得的荣誉，怎么照的相。

马合沙提是“明星护边员”

马合沙提负责巡边的是中哈边境68至71号界碑15公里的边境线。他每天把巡边时看到的情况全部写在本子里，标上记号。看到对面哈方巡逻线上的任何事或物都不放过。有的拍上照片洗出来贴在记事本的那一页说明上。我们在他家翻阅他的记事本时，他总是叮嘱我，那个照片的位置不能移动，也不能错页，翻看的时候一定要把照片的位置固定好，不要把照片弄丢了，也别放错位置了。

马合沙提说，2014年4月9日，吉木乃的60年一遇特大雪灾影响着牧民的生活，也影响着他巡边的工作。他发现哈方的70号界碑被雪水冲击的沙石掩埋了10多厘米，就把这个消息告诉了吉木乃边防会晤站。两国边境会晤告知后，哈方派人对70号界碑周围堵塞的沙石进行了清理。哈方因为这事专门通过会晤站向马合沙提表示了感谢。

巡边时，马合沙提总能看到边境线周围有野猪、狍子、雪兔等野生动物。有人不干好事，总是琢磨些坏事做，在树丛里把套猎的器具放在那里，马合沙提看到就会捡起来交给边防派出所。

马合沙提的巡边日记本有几百本。面对这么多的日记，我随便翻过几页摘抄下来：

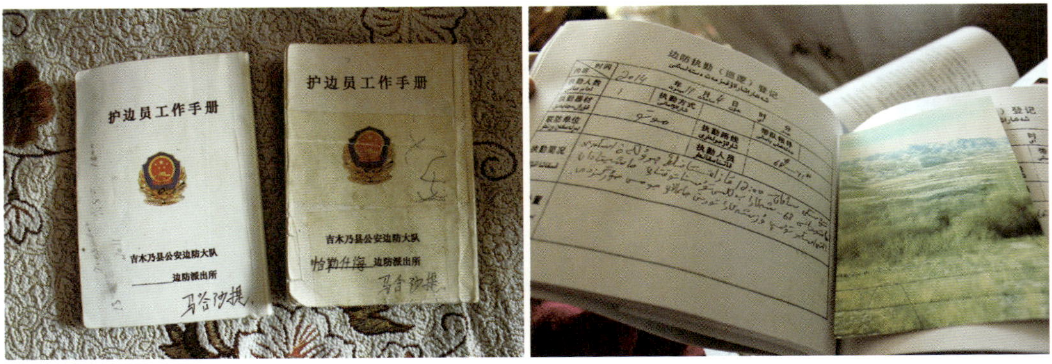


马合沙提工作起来非常认真

2004年4月22日：发现哈方的轧路车、一辆铲车、两辆自卸车在67至70号界碑附近活动。推测哈方正在巡逻路面，其他一切正常。

2011年6月14日11点15分：我巡逻回到村子，我发现村子界河中间有哈国50吨货车，它的牌号是S4450，里面有3个人，一个是俄罗斯的，两个哈萨克斯坦的。后来了解是去乌鲁木齐拉货迷路来到我们村子里了。我给吉木乃县公安边防大队打电话，恰勒什海边防派出所受理了。

日记里打勾的每一页都是很重要的备注记录，有的他拍成照片放在加页里，谁翻看，他都会一再提醒，有照片的地方一定不能放错，放错了就乱掉了。

2012年8月23日3点15分：哈国的直升飞机巡逻，从南线飞来到北线，高度300米。

马合沙提对祖国的赤子之心

2012 年 2 月 24 日 2 点 30 分：哈国装甲车从北线来，南线走了。

2014 年 7 月 27 日：哈国拖拉机拉设备装地下光缆，在 68 至 71 号界碑附近。

2014 年 11 月 4 日：在 68 至 71 号界碑附近有哈国巡逻车。

2014 年 10 月 5 日：在 68 至 71 号界碑附近有 3 名骑马的哈军。

翻看马合沙提记录的日记，我也学着他记下我们到达的时间：2015 年 10 月 22 日下午 2 点我们在马合沙提家。

马合沙提在界河边执勤

我父亲在时，没有电话，联络很不方便。现在有手机，交通方便了很多。

他说着，然后把派出所配发的手机展示给我们看。手机里有他的很多照片，都是他巡边时拍的。

我们对面的界河叫乌勒昆乌拉斯图河。

马合沙提说，1993 年至 1995 年，哈国要求住在萨尔乌楞的村民搬走，说是他们的边界。我们所有的村民都坚守在这里，坚决不搬走。

马合沙提有点激动，他说，这个边境线我们一直在巡边守卫。

我们祖祖辈辈生活的地方，虽然没有电，也很贫困，但我们不能把我们的土地让给别的国家。我们所有村民联合起来抗议两年，最终没有把这块土地切割出去。

冰山 6、7 月下雨，界河的水就涨起来。马合沙提的父亲巡边的时候，界河还没有人管。那时有野猪，有人用套子套野猪，有的野猪就会钻进套子里被人抓住。他父亲还发现，1996 年 8 月 26 日、27 日、28 日连续三天，哈方那边燃起大火，马合沙提父亲赶快报告边防大队，又迅速转告哈国，把大火扑灭了。村子被烧毁的房子哈方也赔偿了。

马合沙提的父亲 1999 年 1 月 15 日去世时，他的叔叔还在清河当兵。他却没能赶回来参加他哥哥的葬礼。

马合沙提家里有 1 匹马，5 头牛，8 只羊。两个儿子周末跟着马合沙提一起巡边，看见界碑有灰尘沙土了就帮忙擦干净。界碑上面的颜色淡了也帮他一起描起来。大儿子 18 岁，上高中，小儿子 8 岁刚上小学。他希望两个儿子长大还当护边员。

我们进村后就发现，萨尔乌勒的青壮年也像其他的农村人一样选择出去打工，有的做生意赚钱。看到更多的是年纪大的人，一直到村尾看到一群年轻人，有婚车，看样子是娶亲的。

马合沙提说，只有婚嫁婚娶村子里才能看到更多的年轻的面孔。

我也想赚很多钱，可是总得有人去护边吧？我爸爸是护边员，他把骑马的鞭子交给我，我有责任代替父亲。

马合沙提十几岁就跟着父亲巡边，那时边境线没有铁丝网，萨尔乌楞村民的马牛羊总会越界吃草。这边吃光了吃对面，他们也没有人管。1982 年边境线上统一设置了 1 米高的 5 道铁丝网，1997 年增加到 2 米高 12 道铁丝网，村里的马牛羊也不能越边境吃草了。

68 至 71 号界碑是马合沙提的管段，总共 15 公里，每天往返 30 公里。他用红、黄、蓝、粉、黄、橙黄、翠绿七种颜色分成每天巡边的颜色，每周从红色开始往后面数颜色。他自己给自己设定小彩旗，自己管自己。这样可以知道，每天的颜色是星期几，如果颜色对不上号，表示这天就没有到界碑巡边。

马合沙提与官兵们在边境线

马合沙提的母亲76岁，从外面到房子里走来走去，看看出去走走，再进来看看又走出去。她无意识地来去进出。

马合沙提的妻子44岁，在家带孩子，喂牛，喂马。妻子坐在马合沙提旁边的小凳子上，需要茶水了她就起身去拿茶壶倒茶。不倒茶的时候，她看着马合沙提跟我们说话。她像马合沙提一样，见到谁都笑笑的，高原红在她的脸上一圈又一圈因房间的温度升高而温热地扩展。马合沙提热情地回答我感兴趣的所有问题，他的妻子就坐在旁边用眼睛顺着她的光线找寻着她需要看到的表情。

50岁的马合沙提是一轮安详的太阳，我们坐在对面，虽是冬天的季节，却感到周身温暖。

2015年3月，马合沙提骑着摩托车巡边，雪化路滑，他的摩托车把他从山沟里摔下来。摩托车摔坏不能走了，胳膊摔伤了，幸好戴着头盔保住了一条命。

马合沙提指出自己的工作路线

在他家里，他把摔断的头盔拿来给我们看，胳膊上的伤还在。他说受伤的事，一点也不像说自个，一直是笑着说的。父亲的马鞭子被一个记者借走说拍图片，至今没有还回来。问他是哪里的记者，他说忘了。我们希望借走马鞭子的记者能尽快把它送到马合沙提家里。

26 年巡边生涯里，马合沙提用掉了自家的 10 多匹马，4 辆摩托车。从马合沙提的父亲到他，两代人巡边 50 年，每天 30 公里，一年 365 天，总共 60 万公里。每天同样的路线同样的方向，他从没有走累过。

他行走的方向一直是太阳升起的地方。

我们说，去看看你巡边的现场。他马上背上相机，穿上巡边服，拿着望远镜，戴着帽子，带我们去。

一路上是粉色的旗子，每隔 500 米有一个。这个旗子是他早晨巡边时插上去的。

你看，我说的没错吧？

我先是一愣，后面忽然间想起。这就是马合沙提给我们描述的每天插不同的旗子来区分周一至周日的时间，也是证明自己没有说谎，每天都来巡边尽责。其实他不用插旗子，也没有人说他干得不好。他自己要求自己把什么事都做到更好。

我们前面的 71 号界碑面对着三面山：萨克木山，萨乌尔山，合孜拉德。这些山上有羊群在上面奔跑，有牧人在上面放牧。抬眼看去，山很近，想上去却很远。铁丝网两边长满了红刺果、沙棘、野生黑加仑。铁丝网后面的哈国边界，沙棘长得更茂盛。这么茂盛的四周，看不到他们的牧民。

我们行走在马合沙提每天巡边的路上，除了我们看到的那些羊群、牧人，其他的人类文明都不存在。在空旷的山林、孤独的界河边，有一首歌从天际飘来，那是马合沙提唱的：思念像雄鹰在蓝天上飞翔，我可

马合沙提经常带小儿子去边境线

爱的故乡，哪里的山比得上萨吾尔山。雪白的冰山就像慈祥的妈妈。这是用汉语翻译出来的哈语歌，是马合沙提用哈语唱给自己的歌。歌声唱给自己听，大山听，界碑听，他每天行走中碰见的沙棘、红刺果、野生黑加仑听；还有放牧的山上的羊群听、马群听，铁丝网听、界河听、哨楼听；还有他每天插在每个地段不同的七彩旗听；还有他躺在距离边境线不到 20 米的父亲听。

我们还在边境线行走，下午 7 点多，马合沙提妻子打电话，问他要钱送礼。村里的哈族村民结婚，下午忘了问马合沙提要放钱的钥匙。

我开玩笑说，你不让妻子管钱，她不跟你吵架？

她让我管钱的。她不爱操心，所以不想管钱。他大声说大声笑。他把车里也当野外，怕别人听不清楚。他的脸是黑里透红的颜色，那是每天在风沙里吹出来的颜色。他的手、脖子、耳朵，只要是能暴露在太阳下的皮肤都成了黑红色。一个下午他陪我们聊天、行走、爬山，这是他早晨才走过一遍的路线，我没有看出他丝毫的不情愿，也没有感到他

20多年行走在边境线上的苦。他内心敞亮，满足，感恩，简单，热烈。他把热烈的内心暴露在他的笑声里，他的笑声就在颠簸的车里、晚霞的落日里爽朗地跳跃着。

太阳在最西边落下来，红色的鲜艳的圆盘在沙漠里一刹那落到地平线下，剩下暗色的沙漠和沙漠上的植被在车轮左边褪去。没有褪去的是响在耳边的马合沙提的笑声，还有那黑红的笑脸。

大漠中的落日余晖

# 涝巴的外勤民警

张兵："你是哪里来的，来干什么？"

"你好，我是涝巴边防派出所新分过来的外勤民警，我叫李学文。"

张兵说："你们没事情干，一天在连队瞎转什么？"

"你们有困难我可以帮你们"，李学文说。

连队另一位群众徐章顺接上话说："不是我们说你，你啥事也干不了。你能帮我们干啥，你会种地吗？你会养羊吗？我看你现在什么都不会。不要夸海口，一茬又一茬的警察我见多了。"

下村第一天，李学文就被管辖区兵团9师162团场的职工吃了闭门羹。还没有经验的李学文不知道跟基层的群众打交道还需要一门学问，并且这个学问还挺大的。

李学文接受采访

这是2009年发生的事，李学文从乌鲁木齐指挥学校毕业，是刚分到塔城边防支队涝巴边防派出所上班的第一天遇到的事。他坐在我们对面讲述的时候，他的身份已经变了。他的管区连续3年治安案件零发案和刑事案件零发案、零纠纷，人口双向熟悉率100%。2012年李学文被评为新疆边防总队“十佳优秀警官村官”，2014年被评为“群众最满意警官”。

李学文对162团每家的熟悉度，就像了解自己家里的事。

李学文学着他第一天下管区遇到的李逵们，把原话有板有眼地转述一遍，让我忍不住笑起来。本来很累人的外勤琐碎事，鸡毛蒜皮的协调工作，让他用“川普”转述一遍，就像说相声。事情都过去6年了，他还记得清清楚楚，一字不落。

10月底，塔城就下雪了，我们到塔城的那天刚好迎来了塔城的第一场雪。在被誉为“油画之城”的塔城已经可以感觉到冬天的寒冷。在寒冷的天听李学文说他跟基层的事，苦中能找到乐。

李学文学的是电子信息工程，刚到派出所就做外勤工作让他很迷茫、无助。除了上学，群众工作该如何做、从何做起，群众需要干什么、怎么干，一切对于李学文来说都很迷茫。

被几个职工呛了一回后，李学文回到单位仔细地想了一想。

是，现在我确实什么都不会，不过我来又不是种地来了，放羊来了，会不会种地和会不会放羊这些跟我也没有关系。

迷茫还好一些，至少知道怎么去学着做。可是李学文觉得有点烦，当兵当得怎么成了农民，还要去种地、放羊。如果这样，在家的时候就是农民，就当农民好了，还当什么兵？

爱钻牛角尖的李学文又不肯罢休，他心里说，你们会干的活，我凭什么就不如你们？

他在电脑里调出了162团3连的地理位置。

电脑显示：新疆建设兵团162团3连的地理位置是在“兵地”结合部位，

兵地结合部位就是“新疆建设兵团与新疆维吾尔自治区”的结合部位。

这个地理位置不能说明白更多他需要了解的资料。他又去 162 团团史馆借了一本 162 团的史志，上面写明了 162 团的历史由来。

他翻着史志，上面明明白白写着：162 团的职工群众绝大多数是 1962 年从乌苏、奎屯举家搬迁到 162 团来的。162 团由北向南是一个酒瓶形状，上小下大，东、西都与塔城市地块相邻，塔城市基本上都是哈萨克族同胞。162 团三连东、西也不例外。不同乡镇团场群众之间因放牧牛羊进地纠纷时有发生，甚至大打出手。牛羊一旦进地，就会被赶回种地的群众家，不管有没有造成损失，就是拿钱说话。这是一种恶性循环，如果不制止的话是不行的。而且 162 团 3 连队也是个治安乱点，由于经济收入不高，老百姓不是喝酒，就是打牌，社会风气也不好，喝酒打牌后回家就是打架。时常还有盗窃案件发生。

李学文分到的涝巴边防派出所驻地是中国特殊的省级行政区，新疆建设兵团的一个基层边境团场。

李学文热情地帮老百姓干活

经过一番调查后，李学文就想着从改善社会风气入手，但是要做到这些说起来容易，做起来难。首先得让老百姓相信才能做其他的事。正好赶上团场职工秋收季节，老百姓在收大瓜，他就去帮忙晾晒瓜子，看他们脱粒玉米，就去帮忙脱。

有的职工说，这么脏你不要干了，等会儿把你的衣服弄脏了。

李学文回答，每个人的衣服都要脏，脏了洗干净就行了。

他们呵呵地笑了。

就这样，辖管区谁家在干农活李学文就去帮帮忙。看见连队的留守老人就去陪他们聊聊天，唠唠嗑。

在走访时他发现，连队有一对从四川南充来的陈明会老大爷夫妇，来新疆十几年了，身份证还是1992年在老家办的，自己想回家看看，可是没有二代身份证，买不上车票，没有办法回去。他们来新疆十几年，除了在162团三连种地，几乎不出门。

走进他们家里，一张破旧的桌子，只有三只脚，另一只是用一节木头临时支撑起来的，还有四个木头墩子，有一口锅，两个碗。他的儿子去广东打工十几年从来没来看过他们。他们年龄大了，落叶归根想回家。

李学文回到所里利用公安网查到了老人家所在的四川省阆中市金垭镇派出所的电话，打了电话咨询了他们办理异地身份证的手续。第二天他叫了一辆出租车到这位陈老大爷现在住的家，把他们接到城里专门照身份证相片的地方，请师傅给他们照了相，压成光碟寄回了他们户籍所在地派出所。

考虑到二老的户口在四川，又问他们办理医疗保险没有。

他们说没有。

年龄大没有买医疗保险可是个大事，万一生病怎么办。李学文又详细了解如何购买农村合作医疗保险，帮两个老人上了保险。

李学文的群众基础很扎实

过了 20 天，老人收到了从四川省身份证办证中心寄来的快递，里面是他们老两口的二代身份证。

他们拿着身份证到派出所给李学文说，身份证收到了，你给我们办了两件大事。

在边防，有一种职业叫外勤警官。外勤警官的工作就是李学文干的工作。

外勤警官就是在外面执勤的警官。边防的外勤警官可不像城里的派出所，有案子了接警出警。在边防，外勤警官有没有接警的都要去辖区看看。边防线长，面积大，居民和牧民居住分散。如果你跟当地群众不熟悉，关系不好，你连吃饭的地方都没有，连家门都进不去。在边防线上，边防派出所的外勤警官都是走到谁家就在谁家吃饭，老百姓都把你当亲人，这种好不是你只吃饭不干活。所有的边防线都是少数民族牧区。在这里首先过思想关，你必须跟这里的老百姓团结成一体。第二个是语言关，你能跟老百姓交心老百姓才信你。所以会说当地少数民族语言的外勤警官才有人缘。边防派出所的工作性质复杂：守边防是他们的

工作职责，维护辖区治安是他们的工作职责，交警查车也是他们的工作。不仅工作性质复杂，工作任务也很复杂。派出所不是单纯的地方派出所，把治安管好了，户籍管好了，工作就做好了。他们还保留着部队的传统，起床吹号，睡觉吹号，吃饭吹号，队训，练操，边境巡逻执勤，种地种菜自给自足，等等。他们既做部队的事也做派出所的事，还做交警的工作。群众的羊丢了你要去帮忙找，牛病了找不到医生你得帮他们找。种地没有人了你也得去帮忙种地，收棉花或者收瓜的时候没有人，你也得帮忙秋收。没有工作了你得想办法帮忙找工作，地里的收成卖不出去你也得帮忙推销找出路。

162团3连以前，时常有老百姓家丢东西。也有到地方上偷马的。李学文分析原因是人的懒惰心理，好吃懒做。因为塔城工厂少，剩余劳动力比较多。再加上塔城是高寒区，种地只能种半年休息半年。连队群众生活水平因经济收入限制不是很高，加上外出打工的观念不强，光知道打牌、喝酒就容易滋生各类纠纷和案件。

有的群众告诉李学文，钱是最实惠的东西，大家都认这东西。李学文了解后知道，这里的老百姓每家每年可以有少者几万，多者几十万的贷款，都是用于种地。可是今年这样明年还是这样，老百姓没有积蓄。

连队100多户人，有养羊、养牛养殖户2户；跑运输车辆的1人，搞农业播种技术1人，搞设施农业的没有。要想把连队治安搞好，必须转变老百姓的生活生产方式，让老百姓有事情可干，搞活连队经济。李学文就从派出所的护边员下手，既然每年国家对新疆扶持力度那么大，能贷那么多的款，建议他们从贷款中拿出一部分钱买一些羊，搞些养殖；买机械化农具，在春耕和秋收可以靠农具挣钱；买运输汽车，跑跑运输挣钱；会技术的群众外出打工。第一年有几位农户听了李学文的意见，挣上了钱。第二年又有一大批群众开始发展养殖业、运输业、大棚

设施农业。几年来连队有十几家买了运输车辆，有 30 来家养了羊，有 40 多人外出务工，有 20 多人在搞大棚设施农业，种冬季反季节蔬菜。现在连队 95% 的人住进了买的新楼房，30% 的群众有了自己家的小轿车。冬天老百姓有的外出务工挣钱，有的在羊圈养羊，有的在大棚种菜，把冬闲的时间都利用起来了，把剩余劳动力也转移了。连队打牌的没有了，喝酒的少了，他们都把心思花在怎么挣钱上面。连队治安秩序也好了，纠纷没有，各类案件也没了。

农九师地处兵地结合部位，又处于民族大杂居的地方。

2010 年二工镇朱马拜报警：我的马被偷了。后来查出，是牧民朱马拜在草场上放牧由于牛羊太多没看过来进了别人家的地，被辖区群众陈洪抓住，把 20 匹马赶回他自己家院子圈起来了。朱马拜怕马要不回来故意说马丢了。

李学文去找陈洪，陈洪表示只要给 2 万现金马上放马，态度很坚决。他跑了不下于 20 趟，还找陈红的朋友做工作，前前后后跑了四五天，最后陈洪还是收了朱马拜的 2000 块钱。看着这样的状况，李学文心里有些着急了。这种事情不是出了一次两次了，如果以后谁家的羊、牛、马无意进到其他人家的地，也这样要钱，肯定会出事。

李学文想把这个事情解决好，又花时间去了解周边乡场的风情民情和农牧业发展的资料，他发现 162 团周边都是牧场，以牧业为主，也有耕地，但是他们种地的技术不如兵团群众好，162 团的牧业养殖技术不如牧场的群众好。

这样就好办了，兵团连队和塔城市村队可以开展“民族团结兵地共建”。他把这个想法告诉 162 团 3 连的书记殷发飞。

他说，可以。

李学文又想办法找到了时任塔城市窝依加依劳牧场的场部副场长，

把想法也跟他说了。

他说，同意。

2013年年底，162团三连建成了20座大棚蔬菜。

在边防，还有一种情感叫边外儿子。李学文被团场的人称为小李子，在162团李学文就像回到自己家一样。谁家的羊丢了，小李子骑马去帮忙找，一整个晚上都不睡觉。直到把团场职工的羊找到，他才安心。这个小李子还是团场职工宋英林的边外儿子。宋大爷的子女都在外地工作，他自己在2002年患了很严重的类风湿性关节炎，手脚四肢变形不能走路不能用手拿东西。小李子就成了宋大爷的儿子，帮大爷按摩身体，陪聊天。宋奶奶出门了，小李子还要给宋大爷做饭。宋大爷住院了小李子还要陪在医院，这个边外儿子比宋大爷自己的儿女在跟前守候的时间都长。宋大爷总是说，如果没有这个边外儿子，他有病的生活哪里有这么如意。

边防官兵大多是从遥远的内地到新疆边防，因为远离父母远离家人，驻守在新疆边防线上，他们接触最多的就是当地百姓。

“小李子”在老百姓的大棚

在边防，像李学文一样的边外儿子在新疆边防的牧区、居民点、团场，处处都有。边防官兵所管辖的辖区不分地方还是兵团，只要是他们的管辖地，所有的牧民、居民、团场职工都是官兵的亲人。这种亲人是天天在一起生活的亲人，没有血缘关系，却比有血缘关系的亲人还亲。因为只有边防特殊的环境，爱民固边的故事才能天天在边境线上的牧区发生，当外面的人偶尔来到边防线，听到官兵跟百姓的故事时就像自己重新回到了“军民鱼水一家亲”的年代。那种亲情只有你去了现场才能有真正的体会。

李学文的外勤警官做成这样，也不是人人都觉得他做得好，有的人觉得他在做与工作无关的事，多管闲事。

李学文说：提供一个好的服务方式，让老百姓的生活有了改变，才是外勤警官为百姓真正做的事情。

现在只要他下连队，曾经呛他的人都跟他成了朋友，

连队群众见了他都会笑着说，小李子来了，家里去坐坐。没有吃饭的话，家里给你留着呢。

李学文常常走访老百姓家

我回到深圳后，李学文也回家探亲了。他回去后跟妻子补了结婚照。

成都到塔城相隔3000多公里，不是说回家就能一下子能回的。我让李学文写写这次回家的感受给我。他写好后发给了我，我读着他的感受，有一些泪在心中奔涌。

> 离开四川的家乡十几年了，不想家那是假的。
>
> 离开家的时候父亲和母亲才40多岁，现在父母都已经60有余了，白发苍苍。“自古忠孝两难全”，其实有哪一个军人不想回家多照顾照顾父母，只是时间不允许。我们很清楚父母把我们带到人世间，父母的养育之恩，比天大，比海深。我也想趁父母还能走动的时候，带他们去我们祖国的首都北京看一看，去我们祖国的南海看一看。可是真的没时间，每次回家都是匆匆地回，匆匆地走。每次离家的时候都不敢回头去看他们，或者骗他们说到朋友家玩两天，到部队给他们打电话说回部队了。我怕回头去看，我更怕他们伤心。老人年龄越来越大，心里需求儿女陪伴越来越高。可是我现在唯一可做的就是，坚持每天一个电话给他们报平安，问候一下。
>
> 记得我刚当兵的那一年，爸爸、妈妈还有妹妹过年的时候做好年夜饭，放在桌子上都不吃，相互注视着，三个人不约而同地掉下了眼泪。因为以往都是四个人在家里过年，可是从我当兵不在家，家人都觉得心里空空的。这事还是几年后妹妹才给我说的。爸爸和妈妈在生病的时候从来都没有给我说过，每次问爸妈他们都说身体很好，只想让我安心地在

部队工作。

妻子袁娇今年27岁，是一个非常贤惠的妻子。现在怀有身孕，在家养胎和照顾父母，她撑起了家庭的重担，同时担起做子女和做父母的责任。结婚的时候，因为新疆大庆60周年安保期间，我们没有时间度蜜月，结婚前7天才回家，结婚后3天就回了部队。我想过把她接到部队驻地来养胎，尽一个老公和父亲的责任，但是我又不敢。因为我们接到部队驻地也没有时间陪她和还未出生的宝宝，把她接过来她也只能和我们还未出生的宝宝每天在家属院待着，所以把他们母子俩留在了老家成都，我的爸妈和妻子也能够相互照应。我心里一直也觉得很愧疚，没有尽到做老公和做父亲的责任。

12月初探家归队的时候，妻子早早地就起来了。她说送我去机场，我不敢让她送，只是说，你放心。她把我送到了大门口，说一个人在那边要注意身体。我说好。没有太多的语言，但是我从声音中感觉出来了，她声音哽咽了。不想让我走，但是又不能说。我没有回头，因为我不敢回头，我回头的话妻子更是依依不舍，亲爱的她会更伤心。我只好怀着愧疚，回到部队，回到工作的岗位上。天下的女人，有谁不想在自己怀有身孕的时候，老公在自己身边多多陪陪自己和孩子。每天打电话的时候，妻子总是说你要多说说话，孩子想听你的声音，一听到你的声音他在肚子里就活泼起来。

我觉得我很幸福有这样的爸妈！我觉得很幸福有这样的妻子！我觉得很幸福有即将出生的宝贝！

有一天

你卸下了所有的背装，你站在队列之外要和战友告别，曾经历过的遗憾都成了过往

在那一刻，我们不论成败

因为这一切都值得

老兵，请你勇敢地期待明天

老兵，请你坚定地迎向新的生活

老兵，请你在面对生活的艰辛时，依然记得那身军装，不曾离弃的战友，和曾经许下的诺言

老兵，愿你在未来收获美好……

——微电影《再见，老兵》台词

左页图为库地达坂的冰雪世界偶遇退伍老兵；本页系霍尔果斯边检站周旭、赵梓童创作的微电影《再见，老兵》的截图，完整视频可见 http://v.qq.com/page/n/a/d/n0164oyvcad.html。

# 边防老兵一路走好

今年退伍的老兵，你们辛苦了
今年退伍的老兵，一路多保重
今年退伍的老兵，你们要走了
几年来部队的生活，我们一起度过
无论在训练场上，还是在放哨站岗
虽然是和平年代，从来没有放松过
今年退伍的老兵，你们辛苦了
这些年在部队你们承受了许多

退伍光荣，但是虐心

今年退伍的老兵，一路多保重
回家后别忘了，军营里的这些兄弟
今年退伍的老兵，留下了眼泪
摘下你带过的帽徽向着军旗告别
摸一摸背后的钢枪，多想再站一班岗
看一看熟悉的脸庞，战友的情怎么能忘
今年退伍的老兵，你们辛苦了
这些年在部队，你们承受了许多
今年退伍的老兵，一路多保重
回家后别忘了军营里曾当过兵
今年退伍的老兵，你们辛苦了
这些年在部队，你们承受了许多
今年退伍的老兵，一路多保重
回家后别忘了军营里曾当过兵
献给曾经当过兵和将要退伍的战友们，祝你们一路顺风

——一位边防老兵的歌《今年退伍的老兵》

茶汤中有分别的离愁

冯亚彭、张薛、魏晓勇过两天就要退伍离开伊尔克什坦边检站，踏上回家的路。他们的中队长蒋超把泡好的茶放在每人面前一杯，不舍的心情也泡在每一杯茶里。三个老兵里，冯亚彭是城市兵，其他的两个都是来自河南、四川农村。

回家后想做什么工作？我问。

现在还不知道。冯亚彭、张薛说。

回家先结婚，再找工作。魏晓勇回家就要结婚了，这个决定也提前做好了。

我加了他们几个的微信说好了回老家后我们再联系。

魏晓勇的微信头像是 77 号界碑，微信号是“守望 77”。

我问他，为什么用 77？

他说，你们要去的地方，到达后就知道了。

从伊尔克什坦营区到前哨班需要经过 142 公里的孔道。这条 142 公里的喀伊孔道之路，被我们当成美景，一路寒风，一路手拍。之前这条孔道需要 6 个多小时才能到达伊尔克什坦边防检查站前哨班，现在只要两个小时。西行，向西再西行。这是中国最极西的边防检查站，也是孔道最长的边防检查站。冬天，战士戴着皮帽子睡觉，洗澡时，身上还没有洗好，头发已经结冰。在北疆边境没有领略的寒冷，在南疆这条长孔道上已经慢慢感受。

我的眼前是在伊尔克什坦前哨班的镜头，两小时，经历了蓝天、晴天、下雪天。一日仿佛过了三个季节。

天在下雪，战士们看不出景色，我们看到的却是山的奇迹。就像战士们感觉不到他们在寸草不生之地坚守国门的辛苦，我们看到的是他们背后的苦一样。

站在 77 号界碑前，我知道魏晓勇为什么用 77 做微信头像了。跟他

们说好了回老家后再联系，可他们退伍走后，我没有收到一条信息。魏晓勇的微信停留在 2015 年的 8 月前，停在他们的战友费强做的《77 号青春》的微电影的链接里。他注明，这是我守卫的地方。

后面他没有发送一条微信，甚至他退伍时，送别时，战友们哭着道别时，他没有发一张告别的图片。他停留在 8 月的微信是《77 号青春》。

他说，来部队才用的微信号，没当兵以前对界碑的理解还不是太深，自从第一次到了边境线看到界碑感觉就不一样了，很庄严神圣，不可侵犯。

魏晓勇退伍走的前一天，我见到他们。他说这话的时候，伊尔克什坦边检站停电。蜡烛里照亮着他青春的脸。

再次跟魏晓勇联系是在 2015 年 12 月 31 日的微信里。

我发送信息：“老兵好，回老家还好吧？”

我发送了他们三个。上午发送的信息，下午魏晓勇给我回了信息，还好。

找到工作没有？

没有。

其他两个一起退伍的老兵也没有找到工作？

没有。

工作不好找？

找个好工作不容易。

退伍前聊天的时候，他们三个老兵说，以后回家一定跟我联系。现在我只收到了魏晓勇的信息，其他的两个退伍后的情况是通过魏晓勇转告我的，他们都没有找到工作。

2016 年的新年，魏晓勇发送了结婚消息：我们结婚了，让更多朋友见证。

微信里是他和妻子的婚纱照，背景里是绿色的世界，鲜花开放的世界，是他在雪白世界里没有的绿。

从伊尔克什坦到吐尔尕特，又赶上朱军虎、王水鹏、线春贵、攻文光四个老兵退伍，他们坐车去前哨班跟战友们告别。

我们一路同行去吐尔尕特前哨班。

去的时候，天下着雪，四个老兵在车上跟我保证，在前哨班和战友们告别时坚决不哭。他们在车里跟我憧憬他们退伍回家后的未来，开饭馆，考警察，找对象，结婚，等等。他们中有两个甘肃临夏的，一个甘肃武威的，还有一个河北的。他们都来自农村，问他们回家后的打算：王水鹏说要开个饭馆，朱军虎他们三个则想当警察。

在前哨班，他们说好的不哭，跟战友们在 51 号中吉界碑前合影，他们笑着；在跟战友们拥抱告别时，战友们哭成泪人跟他们四个敬礼，拥抱告别，他们没有哭。他们说好的不哭，一直坚持到最后。

把笑容镌刻在退伍的记忆里

部队的战友们说：回家好好干，到家报平安。

退伍老兵说：你们在部队好好干，我们会再来看你们。

返回的路上，四位老兵都整齐地下车解手。李康强跟他们开玩笑说，你们把全身心都奉献给了吐尔尕特，连最后一点营养都撒在托帕干旱的土地上了。大家都在笑，笑中带着泪。

返回的路上白茫茫一片。天还在下雪，那是白雪的世界。早上去尕特前哨班时看到的红色，莲花般的、青色的山，回来时都被白雪覆盖。五彩山全部披上了白色戎装，看不到多彩的山体。

四个老兵在车上统计着需要交上去的东西，他们在我们面前笑着，说笑着，那种强装起来的笑其实比哭还要难过。他们共同完成了离别不哭的约定，把笑留在他们坚守三年的每一处。

送他们回家前，他们需要交四套迷彩服，常服（他们自嘲是茶服），夏常服，冬常服，夏冬迷彩服。上交肩章，胸章，领花，帽徽，大檐帽，冬夏迷彩帽，常服大衣，迷彩大衣。不上交的是迷彩短袖（体能

最后一次与界碑为伴

服），战靴子，迷彩鞋，棉鞋，三尖头皮鞋。能带走的是常服，军被，国防服役章，脸盆等洗漱用品，工资卡。他们还能把冬天新兵来时发的冬季迷彩服、棉衣棉裤、蚊帐带走。

四位老兵晚上还没有睡，朱军虎凌晨两点还在写告别日记。王水鹏把白天我拍的他们告别战友的照片整理成音乐相册，在微信里转发。

尕特早晨还在黑色中，《我爱我的祖国》的歌曲就响起来了，在官兵们训练完成的早晨唱响了整个营区。四个老兵是最后一次在营区听这首在耳边响了几年的歌了。

在吐尔尕特时，我跟王水鹏说，回去的路上，记得写写你们退伍后的心情，就当给自己写的日记。王水鹏说，好的。

王水鹏在回家的路上，一路行走一路在微信里给我发他的离别微信。我把他发给我的所有文字整理出来：

> 听着《军营绿花》这首歌，我想起我的新兵连那段不堪回首，却永远不能忘记的日子。数九寒冬，我们在操场上训练之余，一位4年没有休假回家的老班长给我们唱起这首歌，他的歌还未收尾的时候，他的眼睛就开始湿润，我们一个排的新战士都跟着抽泣。不自觉地，我就想起家，想起远方的亲人，我这一别就是两年。
>
> 新兵给我留下的记忆永远是最深刻的，叠被子，踢方阵，夜间紧急集合。说实话，新兵连也是给我锻炼最多的地方，我从一个地方毛孩子成长成一个男人，知道自己责任的男人。
>
> 在部队，我听到这么一句话：当兵后悔两年，不当兵后悔一辈子。一开始我并没觉得这句话是真实的，是理性的。在即将离开的时候，我才感觉到这句话的真实，三年的军旅生涯，

使我成熟很多，使我变化很大，我和参军之前有明显的变化，变得像一个大人，能忍受对自己的不公和不利，能接受批评和教育，收起许多毛病和缺点。但是，我也后悔了，部队有这么严格的纪律，条条款款压制着我们，我们活动都不方便，干吗来受这个罪。但是在即将离开的时候，我会很高兴地说一句：终于熬完三年了，但是，部队锻炼我的，我将受用一辈子。谢谢你，绿色军营。

亲爱的战友们、班长们，你们还要继续为巩固国防而服役，你们还要继续为边防站岗放哨，你们还要继续为新军事科技而努力奋斗。我知道你们中许多人有说不出的怨苦，但是我更相信你们能忍耐得更多，为了中华民族，为了万里河山。

还有更多90后的，你们即将启程，加入我们的绿色军营，虽然你们身上更多的是90后的高傲和任性，但是我相信你们到了部队会收起你们身上的许多自豪，安心地做一名祖国的忠诚卫士，为国防事业作出自己的贡献。不要去抱怨军营的乏味，不要去抱怨部队的纪律，不要去抱怨世界的不公，我们既然选择了，就应该放弃我们该放弃的许多快乐。

回首三年，我不清楚我走的那天我会不会流泪，甚至痛哭，但是去年老兵退伍的景象，我还是历历在目，一年一度的老兵复员就是这么的残酷，我们来自四面八方，却终将分别；我们来自五湖四海，却终将各奔东西。缘分使我们走到一起，缘分让我们成为战友，缘分却又让我们离别。

部队就是这么残酷，根本不给机会让你体会团聚的快乐和离别的痛苦，就要投入到下一轮的工作。在离别的时候，我却希望时间过得更慢一些，虽然，我的心思早就飞到家乡，飞到温暖的家。

再见了，战友；再见了，班长；再见了，我的军营生活。我会去怀念，我会去想象你们的好，你们的责备，我甚至还会去想种种不愉快。总之，我会想这三年发生的一切，我会去记录，我会去写，这三年没机会，我退伍之后，一定会把这三年的点点滴滴记下来，以文字的形式永远刻录在我的脑海之中。

谢谢你，战友；谢谢你，老班长；谢谢你，钢铁一般的军旅生涯。是你们让我成熟，是你们让我成长，是你们让我回味过去的种种幼稚，不断地改变过去的作风，练就一身算不上本事，却终生享用的精神和意志。

别了，我的绿军装；别了，我的战友；别了，我亲爱的连长！

铁打的营盘流水的兵，我们会怀着坚强、抱着勇敢对这片最美的天空说再见，即使有再多的不舍和眷恋！

无论走到哪里，我们身上都流着相同的“血”，部队是我们共同的家。

无论走到哪里，都要保持一颗进取的心，保持一名军人的作风；无论面对什么样的艰难险阻，都不会忘记自己曾经是个兵！

还记得刚到部队时，我有过失落和困惑，甚至怀疑过自己的选择是否正确。而今天，当看到镜子中的自己透出军人气质，我坚信我的选择是正确的。

平淡的岁月时刻谱写着生命中许多精彩的乐章，而这段军营内走过的日子和这片我付出过青春和汗水的地方将永生难忘！

在军营播种青春，收获人生的坚强与成熟，迈向明天的希望。

几许报国心，拳拳为民终不悔；三年军旅涯，点点入梦常相思。

脱下军装，我还是兵；奉献了青春，荣耀了生命；入伍争当好士兵，退伍争做好公民。

我们在这里风雨同舟，虽无战火硝烟，但战友情深依旧。

把青春交给部队，我永远不后悔。

走在一起是缘分，一起再走是幸福。当兵生涯，一生无悔。

在这即将分别的时刻，我代表全体退伍老兵向培育我们三年的首长们、同甘共苦的战友们，致以我们真诚的敬礼！

昨天是那么令人难忘：听熟了两年的军号声，今后不再为我们鸣响；住惯了“直线加方块”的警营，今后不再是我们欢乐的家。我们难忘那宿舍里的欢腾与笑谈，难忘那训练场上的口号声。可爱可敬的首长，我们读懂了你那谆谆教诲和深情的目光；相知相爱的战友，我们共同品尝了属于我们的苦与乐。太阳依旧，风雨依旧，山路依旧，唯独我们已不再是昨天的我们了！

当我再次踏步在边关前哨小路上时，我不禁心中感慨万千，激动澎湃；当我再次站立在界碑旁时，那时我才深深感悟边防军人的那种神圣庄严与威武。

敬爱的首长，谢谢您！为我们插上腾飞的翅膀；可爱的军营，感激你！为我们鼓起远航的风帆。我们将分赴五湖四海，但心儿总与你紧紧相依。可敬可爱的首长，相亲相爱的战友，我们相识并不是为了今天的相别。宝贵而又令人留恋的警营时光，请再为我们开始一次那美好的旅程吧，请在我们的梦中流淌，慢慢流淌。

这一刻，我们所有的心都流露着真诚；这一刻，我们所有的眼神都迷漫着感激；这一刻，我们的情思绵绵无尽。明天，我们将扬起风帆，向未来的生活，以求知的不倦，来报答警营首长的深情厚望，我们会以军人那顽强的作风、铁的纪律，约束自己，向全世界证明，我们虽已告别了可爱警营，但永远不会告别军人的气质，品德和作风。

全身已经洗掉色的旧军装现在穿在身上却依然显得那样的威武，已经没有了象征军人的肩章和帽徽，但军人的气质却无法从身上抹去，军旅生活总是到了最后才懂得了什么是珍惜。

总是想永远和战友在一起，总是不想离开这里。可铁打的营盘流水的兵，谁又能改变这一残酷的现实呢？我们现在只能做的就是留恋与珍惜，留恋这绿色生活，珍惜这能与战友在一起最后的时光。

老兵们围坐在一起，讲述着属于我们自己的那份经历，我们知道留给我们的时间已经很少了，所以我们就这样坐着坐着，谁也不愿意早点离去。或许在一定的程度上，分离了就意味着重逢，可是在这里，分离只是意味着分离。老兵们都知道，这次的分离也许就是最后的相聚，所以我们格外地珍惜，珍惜这最后的时光，珍惜这世间最为珍贵的情意。

就要走了，以往显露在我们脸上的那些快乐与无虑此时

都已经不知去向，而现在我们的脸上更多地挂满了离别时的伤感与留恋，因为是部队使我们变得坚强，变得自信，变得成熟，变成了真正的男子汉。不管吃过多少苦受过多少累，现在谁也不会去计较。我们心里想得更多的是对部队的感谢，感谢部队给了我们在地方学不到的一切。两年、三年、五年、八年、十二年……在岁月长河里也许并不算长，但是在人生的旅程当中它却不是短暂的，有一段从军的经历，能使自己快速地成长，就算付出再多那也是值得的。因为付出的是汗水，回报给我们的却是一生一世的，永远也忘不掉的！

在退伍前的那些日子里，老兵们都变得很沉默，回想在部队的点点滴滴，那一幕幕难忘的往事仿佛又浮现在眼前。许多老兵们都是眼含热泪，他们不想就这样离开部队，不想就这样离开心中那神圣的军营，可不管现实如何残酷，这也是我们必须去面对的现实，谁也无法逃避。当兵的人总会有这么一天，这也许是一生中最为难忘的一天。也许会有些伤感，也许会有些遗憾，但是我们从不后悔，毕竟世间万物总是不能完美，这也可能是上天留能我们这些老兵们最后一次的想念吧。

在还没有退伍的时候我们总是说，我肯定会笑着离开部队的，可真到了这一天，笑这个字很快在军营里消失了，弥漫在空气里的全是悲伤。我想到了这个时候是最能体现战友情的时候，所有的战友，不管是新兵还是老兵都紧紧地拥抱在一起，他们想让时间停在此时，他们想再多抱一抱与他们相处了好几年的战友。

再见了，我的好战友，再见了我的好兄弟，是缘分让我们相聚在这里，而如今我就要离开，不管今后的我们身在哪里，我们都不会忘记这份绿色的经历。

送老兵的饺子已经端在了我们的面前，可等这些饺子已经没有了热气，老兵还是没有吃完，已经响起了哽咽的声音。我们都清楚，我们真的不想走，我们真的不想离开部队。在部队最后的一顿饭我们之所以不想吃，是我们想再看一看部队，再看一看那整齐的营房，再看一看我们亲爱的战友。

上车的时间到了，可还是迟迟不肯上去，战友紧紧地在车前拥抱着。往日在身上无处不在的刚强，现在都已经被泪水取代，所有的战友都哭了，都哭得那么的伤心。我们不想面对分离，但我们更期待重逢，期待着所有的战友能再一次相聚在这绿色的军营。

若有来生让我们选择的话，我们肯定会毫不犹豫地选择军营，选择这片只属于男子汉的绿色方阵！再见了我永远的战友们，再见了各位领导，再见了绿色军营！

天空飘着雪，我的脸上和心里流着泪

在 2015 年的最后一天，王水鹏发来了信息。微信里，王水鹏已经自己创业，注册了有机蔬菜有限责任公司。他开发的有机产品是白金品质的活体芽苗菜。有能量的，药食同源的，味道鲜美可口的，价格经济实惠的，方便培植简单操作的，能在无土环境有限空间中生长的，不添加化学激素或施农药的，能在少于 2 周的时间内收获的，必须含有大量天然维生素、矿物质有机酶及蛋白质的。

2015 年 11 月 25 日王水鹏在老家临夏开的第一家有机芽苗菜店，现在有 3 家连锁店。他的店是他自己通过资料学习后开的，这跟在部队种菜也有关系。总共花费不到 6 万元。刚开始，效益还行。自己做老板，雇了工人。芽苗菜的品种已经有 20 多种了，他希望后面能开发 50 多种。

2016 年的新年，这是我听到的我在新疆边防线采访过的退伍老兵里最好的消息。王水鹏还发了好多芽苗菜的图片给我，那是冬天里的绿色有机蔬菜。

朱军虎忙着学车，找工作，有时帮朋友推销一些美容护肤产品，此后再没有信息。

尕特的王政委说，你们在外面如果想起尕特，就说一句话：尕特，你好吗？这就够了。

2015 年的退伍老兵，我希望你们在老家的生活有一个好的开始，愿你们的未来能一片光明。当你们

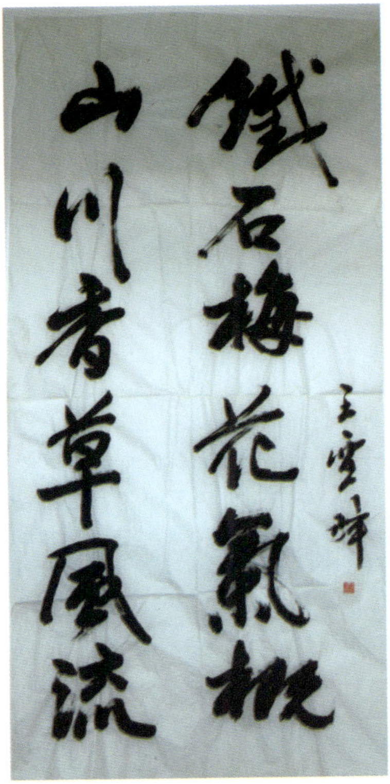

官兵们用书法言志

身上的军装绿放在军营时，你们仍然是你自己内心的那抹绿，永不褪色。

在我们行走的边防线上，一路是退伍回家的老兵，也一路是刚来的新兵。

退伍的和入伍的士兵交叉在人生的起航点，都走在未来的路上。

# 开在高原上最美的那朵花

有一种色彩，是我儿时就钟爱的。

他坚韧，充满了希望与力量。

有一种色彩，是我梦想要得到的。

他谱写着最真实的质朴，在我心中却是那样的浪漫。

也许在安逸的生活中，你不曾记起他们的色彩。

也许你不觉得他们的特别，甚至肆意侮辱谩骂。

可你了解他们吗？你知道他们所受的苦吗？

烈日骄阳，唯有这一抹绿色在泥里水里，摸爬滚打。

三九严寒，只有这一抹绿色仍矗立在风雪中凌然伟岸。

别说什么现在是和平的年代，不需要那么多当兵的。

难道你忘了？每一次灾难来临，在最危险的时刻，是谁冲在最前线！是谁救人民于水深火热之中！

我最可爱的人，还记得去年冬天，你那冻得又红又肿的手是那样的冰凉。知道么？我心疼极了，流着眼泪问你，疼么？可你不说一个疼，一个苦字。

不要再问我爱的是否只是那一身军装，我知道你会懂得我。

我每一天都只想着念着爱着恋着你。

我最可爱的人。我只爱你，这一抹绿色。

爱，那一抹绿色。

（本篇女主人公刘洁写于 2014 年 8 月 1 日）

## 一

看到王向野和他的军嫂刘洁是在红其拉甫营区楼的图片墙上，墙上贴着红站的官兵幸福瞬间，在这个照片贴出来的幸福墙上，我看到了王向野和刘洁。

青春的脸上是洁净的笑容和甜蜜，她靠在王向野的左肩旁，清瘦的她皮肤洁白。她叫刘洁，从山东的微山湖畔考入广东肇庆音乐学院，毕业后参加西部支教计划，到帕米尔高原红其拉甫所在县的塔什库尔干中学支教。

刘洁与王向野在两人的照片下

再见到王向野和刘洁，还是在照片贴着的幸福墙下。刘洁上课，王向野忙后勤，连照个照片的时间都没有，赶快在照片墙下，在贴着他们照片的那个位置拍了个现场照。

刘洁因为高原反应，脸上有一些红色的痘痘，之前的白皙皮肤已经变得粗糙。在照片墙下跟原来的她自己重新拍照，她并不是那么情愿。仅仅 3 年多，一个水嫩的女孩的皮肤被高原上的强烈紫外线和水土无情肆虐。

再一次见刘洁是阅读她的《筑梦西部无悔青春》。

还记得四年前的五月，我被这样一首歌打动，燃起心中的热血沸腾和满满斗志：“到西部去，到基层去，到祖国最需要的地方去。”于是我便义无反顾地参加大学生西部计划，来到新疆这片神奇美丽的土地。

2013 年 8 月服务期满一年，同行的“战友们”都准备回家了，而我选择到更艰苦的帕米尔高原支教，做一名高原上的普通音乐教师，传授给山里孩子们以知识。教塔吉克族孩子唱汉语歌，让他们敢有希望敢有梦想，能努力学习文化知识来建设自己的家乡，让他们相信自己都能成为有用的人，能做更多有意义的事情。

青春瞬间即逝啊，而我就在这片土地上一留竟然已近四年时间。帕米尔高原上终年高寒、缺氧，无数个夜晚头痛得难以入睡。这里强烈的紫外线对皮肤伤害很大，本来习惯了在广东上学时的湿润气候，可在干燥的高原短短几年时间我的皮肤变得很差很差，比在内地的同龄人看上去要老好几岁的模样。塔什库尔干县上山下山交通不便，物价高，物资缺，有时候在梦里才能吃到肯德基的汉堡和鸡翅膀，醒过来最实际的却是馒头、土豆、白菜粉条。

说起来我已经两个春节没能回家与父母团圆了，我愧对我的父母。父母亲年龄大了，作为儿女的我不能留在身边照顾年迈的他们，而是跑到祖国西陲边境线上吃苦，让他们跟着担心受怕。

我真是个不孝顺的孩子。

还记得今年暑假回家看病的我，踏进家门，整整一年未见的妈妈抱住我哭得泣不成声地说："我的好孩子，你可回来了……"

看病的假期我常常疼得晚上睡不着起来吃止疼药，尽管我动作再轻，每一次妈妈都能知道。她跟着起来给我倒水，我才知道儿行千里母担忧的牵挂，才明白什么是痛在儿身上，疼在娘心里。

在家里生活条件很好，父母、亲人都劝说我回家找个踏实的工作不要继续呆在高原了，对身体不好，可到了现在，我真的会舍不得放不下，在这里我收获了太多太多。

## 二

塔县的全称是塔什库尔干塔吉克自治县。在维吾尔语中，意为"石头城"，因城北有古代石砌城堡而得名。总面积 2.5 万平方公里，全县人口 3.2 万多人。与周边巴基斯坦、阿富汗、塔吉克斯坦三个国家接壤，边境线长 888.8 公里，是我国国境线最长、毗邻国家最多的县，位于帕米尔高原之东。

塔县中心点的位置是石头城垒砌的雄鹰雕塑，雕塑高高地顶着起飞的雄鹰。塔座分两部段，最底座的是黑色，中间段是白色。黑色是雄鹰的颜色，白色是雪山的颜色。纯白的雪和纯色的雄鹰颜色让雕塑在蓝色的天空下显得格外洁净。

高原之鹰可知战士们的雄心壮志

上苍把最蓝的天空、洁净的空气、纯朴的民风给了高原上的县城，也把距离太阳最近的紫外线和高原辐射留在这里的每个人的身上。来到这里的每个人都会留下烙印离开，那是高原爱的象征。

城外的“金草滩”，把举世无双留在绝美的草原。

塔什库尔干也是一片千峰万壑相隔的洁净世界。

刘洁的微信相册封面是她在金草滩抱着一只羊的照片，羊极力挣开她的手。那是她的同事们给她拍的照片。微信头像是她在红其拉甫前哨

在那美丽的高原，有位好姑娘

班国门的照片，她穿着大长棉袄，在国门前飞奔起来，她跳跃的动作就像塔吉克族的鹰舞，这张是军嫂的丈夫王向野拍的。后面是帕米尔高原的雪山，向国门看去就是中巴 7 号界碑。

这个帕米尔高原最高海拔上的年轻军嫂，在她忙碌的时间里，我安静地听一朵雪莲花在寂寞的高原的倾诉，那倾诉悠长，感情饱满。

2015 年 12 月一天，她从外面取回修好的电脑已经晚上 12 点多了。

我问，你去拿电脑怎么不让王向野陪你回去，这么冷的天，这么黑的夜。

她说，她就是从他那里取回的电脑。

他怎么不送你，舍得让你一个人在黑天走路？

他忙，还在加班。

她总是披星戴月去上课，一个人走在空空的塔什库尔干县城。好多时候，她都是很晚下班，吃的大多是泡面。有时到莱巴扎买上 5 元钱的小凉菜、8 元钱的小牛肉拌在一起还挺好吃，量也刚刚好。

刘洁说：回学校的路上总遇到很多野狗，我很害怕，不自觉地退了几步。没想到那几条流浪狗开始盯着我看，吓得我赶紧跑到一商店门口，那些流浪狗仍然没有放过我的意思。这时候看到一塔吉克大叔闷头往前走，我毫不犹豫地跟在人家后面走着，那些凶巴巴的流浪狗灰溜溜地跑掉了。此时的塔吉克大叔似乎觉察到什么，停住他的脚步，好在不远处就是学校大门啦，哈哈哈，还是要谢谢哦！

她的学生有塔吉克族、维吾尔族、柯尔克孜族、汉族。汉族学生在班里很少。

天空中一盏一盏孔明灯，飞得很高，很远，让我心里滋味百般，竟然依旧过着单身狗的日子…

春节以来，塔县的天气似乎不再那样寒冷了。门外叫不出名的小树

歌声与微笑是最令人动容的表情

成群结队迫不及待地展示他们嫩黄色的新衣。春天在不知不觉中来了。一年又一年，只希望这温暖能够放慢脚步，让我不要长大。

听说小米红枣稀饭养胃，还会有米油熬出来，可怎么熬出来呀？我就告诉她，慢慢煮，耗时间才能煮成那样。她没有那么多闲时间，很久了她也没有把小米红枣粥熬出来。

她喜欢一种把贝尔加湖的冰当作鼓来敲打的打击乐。打击乐是敲在冰上的声音，有刨冰的声音，冰块摔碎的声音，有踩冰的声音，有青春里所有拔节成长的声音。她在大学时就喜欢，就想学。这一片冰雪世界现在就在她的脚下，在她每天的生活里。

# 三

刘洁告诉我：

说起来满是委屈，都结婚一周年了，我的朋友我的同事都不知道我结婚了，甚至不乏给我介绍对象的人。一场婚礼也没有，一张请帖也不曾发，连个家都没有，整天形单影只地在学校宿舍凑合着过日子。难怪别人以为我还是单身，真是个笑话。

2015 年 1 月 2 日，结婚一周年的日子，本以为可以有个浪漫的晚餐，或者他能说句贴心的话给我听。结果只能怪我想得太多，这天天还没亮他便走了，说是去前哨班了。心里顿时有种气炸了的节奏，难道他把这事儿忘得一干二净？我想跟他一起去，不管到哪在一起就行，尤其是今天。于是我决定不告诉他原因，要勇敢地跟上。他不耐烦地说：“你别闹，我这忙着呢！”

“受不了了，日子没法过了！”正哭着抱怨着，他又打过电话说：“你要是想来，现在就来，车走了就不等你了。”很幸运赶上了发车的点。于是我就这么跟着去了。

因为缺氧，我的嘴唇一下变成黑紫色，头也疼了起来，可我还是喜欢到前哨班的，夏天陪着来塔县旅游的朋友去过三四次了，风影特别壮美。而这一次前哨班给我的却是又一次不一样的触动。

寒风，到了冬天大家都吹过寒风，可海拔 5100 米前哨班的寒风却能把人的骨头吹透，也能把人的血液凝固，还能把整个人冻僵在那里。抬眼望去，湛蓝深邃的天空洁白的云彩狂舞着。

让我不禁想起那首歌：“看云彩，看云彩，没有云彩想云彩也有乐趣在，大雪能封住山，封住了路，封不住士兵歌飞云天外。”

是啊，大山包裹着的冬天的前哨班特别无聊、寂寞，没有人迹，没有风景，什么都没有。可在这里有我们最可爱的人的一颗颗爱国、戍边、坚不可摧的心，一个个默默奉献坚忍不拔的国门卫士！看看还在忙碌的他，此时此刻突然心里特别酸，似乎能理解，也放下了心中所有的怨气，只剩下了心疼。

午后赶回了山下，饭也来不及吃的他又开始忙了。

这次我没有抱怨，一个人到向同事借住的小房子里准备做几个简单的菜，等他回来，等到星星月亮都出来的时候他终于回来了。就这样没有烛光，没有浪漫，没有贴心的话，吃了个简单的晚饭，他倒头便睡了。

这便是我们的结婚一周年纪念日。如果可以，我真希望他能给我办一次像模像样的婚礼，在帕米尔高原美丽的景色中拍一次完美的婚纱照，让我堂堂正正、自豪地跟别人说：“我结婚了，我嫁了个当兵的！”算我在新年许下的小心愿吧。

## 四

2015年的春节，我特别想家。我希望他能跟我一起回家，因为去年刚结婚的第五天他便回单位，没能留在家里过年，怕

他一个人心里难过便随他回来了。这一次本做好了回家的打算，可他工作单位的种种原因又不能回家了。我难过了好些日子，辛苦了半年多总该去呼吸一下充足的氧气，回家吃点好吃的补补身体。可是为什么别人都早早跑了你不能走？为什么别人每年都回家你就不能？为什么当兵以来你就得一直留在这里过年？不会跟领导说说你自己的情况么？我怕他一个人的时候忙得顾不上吃饭，怕他一个人想家的时候会难过。

犹豫再三还是决定留下来陪伴他。

不回来，还不回来，又是一个凌晨三点。最近他总是这样加班，我又开始很不能理解，他究竟在忙什么？真的有那么忙么？从年前忙到今天。

夜色刚刚暗了下来，帕米尔高原已是晚上九点的时间，窗外的礼炮声隆隆地响了起来，正因为是在空旷的帕米尔高原上，即便是躺在床上，也能欣赏到那一朵朵绚丽的色彩。很不幸的是连续几天我一直发烧，这会儿正输着液，想家的念头更上心底。可我不敢往家里打电话，因为一听见爸爸妈妈沧桑的声音我就会流泪。我更怕家人会担心，会心疼。此时此刻我就一个想法，我希望王向野作为家人能够陪陪我，能够代替我给家人打个电话。可这会儿他又不知去向，把我一个人扔在了宿舍里不管不问的。每当有类似情况的时候我都是恨极了、怨极了他。为什么别人都睡觉了，你还做不完你的事情？生病了也不管我。一直到凌晨三点多他回来了，回来后倒头便睡，再过几个小时他又要起床开始第二天的工作。就这样周而复始着，我心里抱怨嘴上却说不出。有时我会想为什么我生活得这么不幸福，为什么偏偏是我要承受那么多委屈呀？

荒漠让我们的爱情蔓延千年

做一个好军属、好军嫂是那么的不易。什么也不说，也许祖国一样也知道我。

自从领导安排他兼任司务长一职后，他的工作更忙了，刷盘子、洗碗、洗菜、搞卫生、扛米、扛面、搬柴、搬油，凡事亲力亲为，从不对战士吆五喝六。为搞好官兵伙食，尽心尽力倾注了所有心血。

我没少数落他：别的单位的司务长架子都很大，米面柴油什么都能拿给家属用，身前身后那么多人巴结着，为什么你连根针都不能拿给我用呢？

没想到就这么一句玩笑话惹火了这个大家都认为性格从来都温和的人，他撂给我一句话：你能占上国家便宜就那么高兴么？不管别人怎样，我不会那样做！

过年了，红站来的家属们都分到了很多水果，我也拿了些苹果和梨子回来，可还没等我吃，王向野就把我的水果都拿走了，啥都没给我留。一句话也没有，晚上我质问他为什么把我的水果都拿走了，他只应付着：有用，我有空给你拿。好嘛，直到年初六都没能吃上他要给我拿的水果，后来我自己出去买了一大堆水果回来。

他去超市买东西来学校看我，结果店家算错钱找多了，王向野没在意便将钱装进兜里，打车的时候发现找回的钱数目多了，他便马上掉头回去将多找的20元还了回去。当他跟我说起此事时，我笑他，难道你就这么老实么，钱都不肯要？他只憨厚地说了句：谁都不容易。

大年初二，是嫁出的女儿回娘家的日子，今年有不少家属来红站过年。于是红站特别组织年初二的晚饭大家凑在一起算作是庆祝。

今天还是个特别的日子——我父亲的生日，一时兴起聚餐的时候我忍不住唱了一首《烛光里的妈妈》，当我唱到“妈妈，我想对您笑，眼里却点点泪花……”我竟然不知怎么地流出了眼泪，“哦，妈妈，烛光里的妈妈……”所有在场的人无不流泪，无不伤感。歌曲唱完，有10分钟大家都抑制不住自己的泪水，哭了出来。在这些人中有一个从来都充满微笑从来都阳光的大男孩儿王向野哭得不成样子。当兵以来并不是什么都顺风顺水，一个神经外科研究生如今满身油烟味儿，少了从前药水的味道。当兵以来从未在家陪父母过年，我想他所有的辛苦、所有的委屈，一切压力似乎都在此时的泪水中释放了出来。

这一晚，我记住了坚强背后的王向野哭泣的样子，那样子能把所有人惹哭，让大家跟着他一起哭。

大年初三早上，王向野的妈妈不停地打电话过来，我们两个谁都没勇气接电话，怕一张嘴叫妈妈，就会哭出来。

最后还是向野打去了电话，电话一通，就听到向野妈妈着急地说：昨天晚上睡梦里听见向野叫妈妈，你们没发生什么事情吧？

向野一下子脆弱了，眼里闪动着泪花，又故作坚强地说：没事儿，昨天晚上唱歌，唱了首烛光里的妈妈。好着呢，放心就行了。

我泪水的堤坝一下子又被冲垮了。

## 五

家对我们两个来说太陌生了，结婚一年了两个人没有个自己的家。其实我们两人的单位距离并不遥远，然而就在这并不遥远的距离中，我们能见上一面总是很难。3公里的距离少则十天多则一个月两人都见不上一面，各自忙自己的事，在我需要照顾的时候，不要抱任何希望，他永远都不会出现在我需要的时候。

为此我没少抱怨过他。

陪伴是最长情的告白

没有家，哪怕是临时租来的，十天半个月见不上一次也确实不像话。2014年年底的时候，我决定借住同事家的房子一段时间，因为是同事先前住过所以家具都还算齐全。虽然是借住的，总算有个单独在一起的家了，于是我兴冲冲地去把那个“借来的家”打扫得干干净净。可现实总是差强人意，房子借来两个月几乎没去住过。有那么几天去了，可他每次回来都很晚，别的人也许很早就回家了，可是他十有八九晚上十一点多才到，到了还要再加班到三四点，第二天九点多他便又起床回单位了。

我生气说，可以跟领导说啊，让你不要那么多地加班。他默默地不作声。

就这样一个借住的家没住几天我又回到学校宿舍了，他也因为工作忙回单位住了。结婚的两个人，相聚3公里又把各自变成单身汉了。

最喜欢留在塔什库尔干的理由是什么？我问刘洁。

刘老师很受学生们喜欢

一是向野，二是学生。我跟向野见不上面，至少我陪在他身边。

学生们都很单纯，需要有人引导。我最心疼的是塔县大同乡的库克西鲁和班地儿乡的孩子。他们家住得远，跟父母

见面的机会少。大多学生家里生活贫困，孩子们在家里也不会天天吃肉和抓饭，来客人了家里才会做。

我针对有天赋而学习成绩不好的学生，开设了特长班。他们画画、唱歌、踢足球特别棒，很有天赋。我希望他们都多才多艺，长大了有自己的未来。

2015 年的最后一天，初二 1 班的阿勒洽西送给刘洁一张贺卡，上面写着：亲爱的妈妈，祝你新年快乐。

在学生们写的贺卡的背后是刘洁小学时的画外音：我要当一个山村老师。老师问为什么。她说：因为山里的同学上课还在用石头课桌和石头板凳，他们想上学却没有老师教。那时她刚刚 12 岁。

十多年过去，那个年少的女孩现在在新疆最高海拔的塔什库尔干实现她小时候的梦想，一个在乡村的支教老师和一群简单、单纯的塔吉克族学生，还有距离她 3 公里一月也见不上几次面的兵哥哥兵丈夫。

2016 年的新年，刘洁穿着一身红色的羽绒服，穿着红色的靴子，戴着冬帽和手套，在她跟王向野合照的红其拉甫的幸福墙下拍了一张照片，照片里的她笑容灿烂，像高原上的红雪莲开放。

这张不是我照的，一定是王向野拍的。

# 帕米尔高原上的绿色庄园

## 一

河北高碑店在秦代，属广阳郡。战国时期，高碑店市境内为燕国督亢地。

在这片平原上，绿色铺满了所有能下种的土地。种什么长什么，似乎种子的生长在这里就没有遇上其他的问题。

现在的时间是2015年的12月底。这里的大婶大妈、小朋友们又开始问孙屹阳了：

你爸爸为什么总是不回来看你？

孙屹阳说：下雪的时候，我爸爸就回来了。

那你爸爸为什么总是在下雪的时候回来？

我爸爸在高原上种菜，他种完菜了才能回来。

然后，孙屹阳在夏天、春天、秋天天天盼着下雪，因为下雪的时候他才能见上爸爸。

下雪的时间是冬季。

回答问题的孩子是孙超的儿子，一个在红其拉甫最高海拔呆了20年的老兵的儿子。

孙超的宝贝儿子最爱的季节是冬天

孙超每年只有在年底才能回家一次，儿子5岁了。孙超回了5次家。5次回家，孙超从没有在夏天回去，也没有在春天秋天回家。孙超当兵20年了，结婚11年，守在红其拉甫20年，只回家过15次。

这15次是在大棚里的蔬菜都休闲时，他才给自己放假。也是在冬天的年底回家，在第二年的年初回红其拉甫。他离开河北平原的20年，没有看见过家乡的春播，夏天的瓜果、蔬菜。

他还得过一些日子才能回家看儿子，现在即使下雪，他也无法回家。

儿子的盼望和等待就在一次次下雪时。

他可以让儿子的盼望和等待一次次在下雪后落空，他不能让高原大棚里的蔬菜一天天在没有他的日子里缺氧死掉。儿子还小，他还有时间去等着儿子长大，然后满足孩子的盼望。高原大棚里的蔬菜太娇贵，一次侍弄不好，全部的心血就白费了。

是儿子更离不开自己，还是自己更离不开大棚？孙超也把这样的问题一天天问自己好多次。5年了，孙超还是没有把这个问题解答了，他答不上来。

如果你没来过高原，你肯定会责备这样的父亲不是一个好父亲。连自己的儿子都不管，却把那些蔬菜看得比儿子重要，管得井井有条。

来过高原，所有的责备都变成了泪花里的理解。军人的付出，有时就在舍与不舍当中体现了他存在的意义和价值。

孙超不想让人生的价值以及儿子的盼望跟蔬菜对比。

冬季，帕米尔高原的红其拉甫营区里的大棚里，韭菜、辣椒、芹菜、菠菜、西红柿、黄瓜、生菜、香椿，这些夏天河北平原上的菜长在海拔 5000 多米的帕米尔高原冬天的红其拉甫。

万仞雪山半尺田，绿肥红瘦一园鲜。
新韭含露二月美，金瓜又添三分艳。
边关四季春意闹，疑似江南五月天。

绿色是生命，红色是激情

这首描写蔬菜的诗，是我在 2015 年的 11 月 8 日在红其拉甫大棚蔬菜基地看到的。

高原早晨九点钟天还是黑的，孙超的高原大棚蔬菜已经亮着灯，他在里面忙碌着。

7 亩地里，现在养了 29 头猪、250 多只鸡、红嘴鸭、珍珠鸡。

他在早晨的水龙头里把刚刚摘下来的黄瓜递给我，咬一口很脆，很有黄瓜的味道。

太好吃了！

听到我的赞扬，孙超更高兴了。我就在他的引领下，参观了他的西红柿、红辣椒、香椿树。红色的果实挂在绿色的枝干上，那是高原上的油画。

若梵高还活着，他能画出什么样的一幅画？

是红辣椒挂满了雪白的世界？还是红色的西红柿挂在高原的雪景中？

吃着脆甜的黄瓜，耳边是鸡、鸭、鹅、猪不停的叫唤声。那是一种农庄的景致，它存在于高原。饭堂里的黄瓜和西红柿都从大棚里采摘，鸡蛋是从鸡舍里收的，猪是自己养的。

这时，你能理解孙超对于儿子和大棚之间情感的取舍，两个同样重的天平，他先把儿子这头卸下来，他想哭的心情都挤满了肺里的所有细胞。

在高原没有四季，在高原的大棚只有三季：春种、生长和收获。大棚蔬菜在高原上种植，要在 60 公分以下的土层埋地暖。

孙超还是“养殖大户”呢

大棚里有南方的香椿，季节性辣椒改变成树，收获一季，把根留住，回填土、农家肥，改变生长周期，在同一棵枝干上发芽、结果。这样的辣椒在红其拉甫能活两年。这两年可以减少辣椒一次次栽种的时间、生长的时间，一年四季都能吃上新鲜辣椒。这个技术是孙超自己摸索出来的。

## 二

好高好高的达坂，好冷好冷的冰山，好远好远的边关，当兵当到了天边，爱哭的算什么男子汉，腿软的别来这高原，最冷的地方站一站岗，最高的地方摸一摸天。

这是孙超自己在前哨班写下的话，别人看到后，都把它当作诗。

1996年当兵，1999年有复员机会，孙超都选择了留下来。这一留就是17年。

每年的2月、3月是大棚蔬菜种植的时间，6月20日左右是各种蔬菜瓜果挂果的时间，7月、8月是蔬菜收获期，收前就得提前育苗。他把耐寒的种在简易大棚，把南方性季节性耐高温的蔬菜种植在玻璃大棚。

他知道一粒蔬菜种子种植、下落、生长、开花、成熟、收获的每个过程。他从不知道自己的孩子一天天长大的每一天。

玻璃大棚里有10棵香椿树，他精心地用四年把它养活。南方的香椿树，长在帕米尔的高原。他种香椿的理由是，大多数官兵都没有时间也没有机会去南方，他把南方的蔬菜、水果种在高原，官兵们想南方的时候，就可以在大棚里过过向往的瘾。

第一代大棚是塑料薄膜，只有1亩地，孙超自己当焊工，自己电焊铁架子。第一代大棚成了孙超的试验田，所有他想种植的南方菜，第一

孙超在大棚里钻研

时间都是在这个第一代大棚里反反复复试验湿度、温度、时间、浇水等，试验成功才会把这些成果移栽到玻璃大棚。

妻子是 2004 年孙超回家探亲，别人介绍认识的同村女子，她以前在新闻和电视上看到过红其拉甫的介绍文字，知道是在新疆最高海拔，在生命禁区。

只见过一次面，2005 年孙超和这个女子结了婚。结婚前，孙超告诉对方：我们结婚后的条件很艰难，有两条：第一，我在部队是一个种菜的，蔬菜的黄金期我是不能离开的。我还是一名军人，每年休假只能在冬天探亲回家。第二，我们工作两地分居不能经常见面，家里有事也不能帮上忙，我父母还需要你替我照顾。如果这两条你能做到，我就跟你结婚。如果做不到，你就不用选择跟我结婚。

这个选择答应孙超两个条件的河北女子，跟孙超结婚了。在 11 年的时间里，孙超只回来了 10 次。结婚 6 年孙超的妻子没有怀孕。每次孙超探亲后回到红其拉甫，妻子总是哭着告诉孙超，孩子没有怀上。然后她对着几千公里的长途电话哭成泪人。他比孙超更想有孩子，有了孩子，她就可以和孩子一起在寂寞的等待时间里等孙超回家，等孙超跟他的父母团聚，一家三代幸福团圆。

结婚6年后，红站领导打破家属住在营区的军规，专门在附近安排了住处，把孙超媳妇接到高原。让他们天天在一起，让媳妇能怀孕。

媳妇是检查完身体各项指标来到红站的，部队又安排孙超去乌鲁木齐医院检查身体。给别人最多75天假，给孙超100天假。给孙超的任务就是让孙超的媳妇怀上孩子。什么时候怀上孩子了，什么时候媳妇再离开部队回老家。

媳妇来红站3个多月，肚子一点动静都没有，看医生想办法也没有结果。前一两个月媳妇还盼望着奇迹发生，结果每个月都是空欢喜一场。后面的2个月，一看自己的肚子不争气，把希望等成失望后，每天媳妇都哭。孙超一看这样，就和媳妇商量还是回老家吧。呆在这里，孩子怀不上，还给部队添麻烦。媳妇也没有好心情，天天哭，天天自责。媳妇伤心地回河北老家，她没有让孙超送她，也没有回头看孙超，她回家的每一步行走的艰难都大过了她之前遇到的任何困境里的路。她不敢回头是不想让她的丈夫绝望，一个特别想要孩子的女人，一个被照顾成困难户的女人，一个有正常的生育功能的女人，却连女人最基本的生育机会都没有。她很健康，很能干，很吃苦，很孝顺公公婆婆。别的女人做到的她都做到了，别的女人做不到的她也做到了，可她就是怀不上孩子。这个连蜜月都没有过的女人，在丈夫孙超为他的大棚付出全部时间的时候，她也把自己的青春时光消耗在了孙超的河北老家。她代替孙超照顾着父母，照顾着全家的生计、生活、农活。一个女人把最不抱怨的付出给了孙家，唯独没有给孙家生下一个儿子或者女儿。她除了自责，剩下的也是自责。

回到家半个月后，还是冬天。2010年的11月底，从河北老家传来了一个让孙超惊喜到不知所措的消息：我怀上了。

媳妇那边的声音是喜极而泣的声音，帕米尔高原的孙超也是同样的声音。在最高兴的时刻，从极喜又极泣的情感过度，它让幸福灌满全身的过程仅仅几秒钟。几秒钟后，5000多米海拔的帕米尔高原都知道了孙超媳妇终于怀上孩子的消息。

孙超要当爸爸了。

孙超与妻子在红站怀上了儿子

## 三

20年驻守在帕米尔高原最高海拔，孙超是全国边防线上唯一一个高级养殖士官。他荣获8次三等功，1次二等功，是公安部表彰的优秀党员优秀士官，是全国唯一获得“优秀士官人才一等奖”的养殖士官。

17岁做炊事员，看不到绿色的菜。

19岁时孙超给领导打保票，自己是农民，自己能在高原种出蔬菜来。能在茫茫雪色里有一点绿色，让官兵们能吃上自己种的菜，那是一个农民家的孩子当兵后的简单愿望。刚开始种的菜要么不发芽，要么发芽变成枯黄，再死掉。河北老家种豆得豆，种瓜得瓜，而高原是西红柿、黄瓜光开花不结果。

他的20年，是看着高原上没有绿色的蔬菜过来的每一天。他从河北平原上的大片绿色到高原里的雪白，荒芜，冰冷。绿色是他在高原最怀念的颜色，也是他最希望长在高原的颜色。

20年，他为了这片绿色，放弃了三次选择退伍复员的机会，也三次放弃调离红站的机会，一次去新疆昌吉，一次去北京边防之家种养殖，离家仅仅80公里的距离，一次去喀什。

夏天下雪，晚上盖厚被子，大风把大棚吹走了。妻子在给别人描述红其拉甫时，就这样告诉人家。简洁的语言，只有来过红站的人能够懂得。

在高原多呆一天，就少陪妻子和孩子、父母一天。这些补偿是补不回来的。当老兵退伍的时候，孙超也想回家。当他想回家时，他根本就离不开他的高原大棚。

他因为长期在高原生活，高反都反应在他下山后。有的人上山有高反，有的人下山会醉氧。孙超回家就变成了小孩，高反在他回家的生活里处处反应。

从红站到喀什的几个小时下山呕吐，从喀什到乌鲁木齐的飞机上头痛。下山后的醉氧让他变得非常脆弱。回到家里，过马路需要妻子拉着手过，他轻飘飘地像踩着云，头重脚轻。他就像一个盲人，家里所有的一切都帮不上忙。等高反慢慢过去，他又该回部队了。

儿子孙屹阳，孙超起的中间的屹字，有屹立在帕米尔高原的寓意。

孙超一家人参加央视《向幸福出发》

妻子起的后面的字“阳”，表示是屹立在帕米尔高原阳光里的人。

孙超看不见妻子穿夏天的裙子，他会在喀什买了红色的裙子寄给妻子。从没有见过妻子穿裙子的孙超，让妻子穿上红裙子在视频里给她看。当他拿到荣誉奖牌时也在视频里给妻子看，然后视频里是妻子满足的笑容。

他所有在高原付出的背后，是他的妻子加倍的付出。

孙超平时走路不是走，是小跑。他的时间在大棚里，他节约着所有会浪费掉的时间。

我们约孙超采访时，第一次是在他早晨工作的大棚，他边工作边可以跟我们说话，不耽误时间。第二次是红站的会议室里。孙超是跑上楼的，他上楼后发喘，坐在椅子上一直道歉说来晚了。

从他发喘的声音知道他跑路的速度。这就是高原，一般人连走路都困难，想跑都跑不起来。孙超能跑起来，是因为他的醉氧反应在下山后。

说起种菜的时候多么艰难，孙超没有掉一滴泪。

我问孙超：当爸妈生病了，或者妻子孩子有病，你不在身边。你会纠结选择留下还是回家吗？

孙超说：会纠结。当父母生病时，也挑战过内心的坚持，留下，还是回家？

最后，还是选择留下？

是的。

为什么还要坚持留下来？你回家了有其他的新兵接替你的工作。铁打的营盘流水的兵，总是要离开部队的。

话是这么说的，你想，我在家生活了17年，我在红站生活了20年。我呆在部队的时间都长过了我在家的时间。我在家时，还是个孩子，什么都不懂，父母是农民没有告诉我以后的人生路怎么走。我所有人生成长的路都在部队，在红站。红站的大棚是我一颗螺丝、一根铁丝、一铁锹土、一粒种子、一分钟、一小时、一天、一年这样种出来的。我看见这些生长的蔬菜怎么样从一粒埋在土里的种子慢慢发芽到开花结果。这两个家让我很难选择我对谁的感情更深。

所以，你仍然选择放弃陪伴家人，留在高原。

你说，我会怎么选择？那边是父母、妻子和儿子，这边是战友和大棚。新来的官兵看不到以前的红站，以前的红站和现在的红站都在我看见的眼睛里。这些时间比我跟妻子相处的时间长，比跟儿子相处的时间长。

我想过回家陪伴家人，最后还是舍不得放弃留下来了。

孙超抬起头又放下，然后大声地哭泣起来。

他的哭声能穿透5100米的帕米尔高原，也能穿过高原里的圣湖，还能穿过中巴7号界碑。

我在孙超的哭声里暂时沉默、无语。这个哭声孙超不知道控制了多少年，多少时间，多少日日夜夜。这个坚强的帕米尔高原的边防军人，

就这样无所顾忌地敞开心扉地哭起来。

出发前红站的食堂在早晨就煮了饺子。原来，朱春山政委和刘晓峰站长告诉后勤晚上就提前把饺子包好了。

在高原，只能用高压锅才能煮熟的饺子是亲人才懂得的送行之情。

车开走时，孙超急忙赶来把洗好的一包黄瓜塞给我们。

老师们路上吃吧。

刚刚洗过黄瓜，他的手还是湿的，冰冷的。

握住他湿湿的手，就像握住整个高原。

他敬礼后，转过身又跑起来。

最亲情的饺子和最珍贵的高原黄瓜，它会在我们以后的人生日历里一直润泽我们的灵魂。满满的感谢，却只能道声珍重。再见，帕米尔高原上的红站人。把一路之行的所有故事带走，把绿色的植物和灿烂的阳光留下，留下的还有笑容和温暖的握手。

中国
281

# 下马崖是个温暖的名字

你必须走进去进到村子里
然后听一些长胡子的老人讲
再听其他的人讲

下马崖是个温暖的名字
三公里的路从路头到路尾
红砖房从村头到村尾

下马崖很小名声很大
那里有个边防派出所
住在下马崖的中心
也住在村民的心中

下马崖是个温暖的名字
温暖着过路的陌生人
也温暖着走进去的陌生人

荒凉的下马崖

2012年的5月，我第一次走进边防，并在边防现场记录了我眼睛看到，耳朵听到的来自下马崖边防派出所的故事。

在下马崖，曾经世居这里的大多数维吾尔村民甚至连砖块是什么样子都不知道，世世代代居住着土坯房子，走着下雨就出泥，天晴就冒土的泥石路，进趟伊吾县城得骑毛驴走上两天两夜。还有更多的人连大米和西红柿是什么样子也没有见过，蔬菜在维吾尔人的生活里是稀缺的菜肴。

水更稀缺，下马崖人祖祖辈辈饮用的是涝坝水，涝坝就是挖的水塘，将雨水和雪水引进水塘储存使用。黑乎乎的涝坝水供村民和牲畜共同使用，经常有羊粪、牛粪漂在上面。村民们打水的时候，先把漂在上面的羊粪、牛粪过滤掉，然后再用马勺一点点舀出水倒进水桶。

当我在这里住了一周后，我知道这个村子的故事不是我们每个人都曾经生活过的村子那样，也不是每个人曾经对村子的全部记忆和扫描。

下马崖这个村子，只有在这里土生土长的人们才能拥有单属于这里的记忆和味道。它把一种人类最朴素的情怀种植在这里，也把人类最简单的生活内容一点点地积累在这里。

在这里，汉族是少数民族，维吾尔村民和边防官兵无距离地成为一家人，成为一种温暖的回忆，成为用语言表达出来后感动的话语。

这种感动，像人类追逐大雁飞翔时的情怀，总是抬起头，挺起胸，凝视着，仰望着，感动着。

## 一、寂寞是一种坚守

夜晚的下马崖寂静得只有星星和月亮，这样黑的夜晚没有灯，没有狗叫的声音。在城市待久了，就知道这种寂静背后的寂寞有多深有多长。年轻的官兵却在这里守着寂静和寂寞。

下马崖唯一的主干道是通往县城的柏油路，10 年前还是坑坑洼洼的土路，去一趟县城需要 3 个小时，从下马崖回哈密需要七八个小时。是哈密边防支队和伊吾县委筹措的资金，才将下马崖通向伊吾县城 100 多公里的路修成了柏油路。

教导员李勇最喜欢在这条“爱民路”上走了，他三次被调派到下马崖边防派出所。1999 年，他作为排长带着兵来这里，当他第一次走在下马崖 3 公里的土路上丈量距离的时候仅仅 24 岁。从村头到村尾，他走了半个小时。尘土将他的鞋和裤管弄脏，风沙将他的头发吹起来，巨大的寂寞将他的心冷藏起来，这半个小时将他人生的三次机会都放在下

下马崖通往伊吾县城新修的柏油路

马崖。

似乎在他的甘肃老家也有这样的路，从 5 岁开始，母亲背着他爬过颠簸的山路上学，他是长子，母亲把全家所有的希望都寄托在李勇身上，希望这个山里的娃能有出息考上学，改变全家人的命运。母亲背着李勇上学的路没有成就李勇考学的梦，却让他成了一名军人。

当李勇在 1999 年用脚丈量下马崖这条土路的距离时，他感觉到像回到了甘肃老家。这里有父母亲的影子，有兄弟姐妹的影子，这里有他熟悉的山山洼洼。

37 岁的教导员李勇既是派出所的家长，又是年龄最大的。这里 48 年都是清一色的颜色，清一色的部队头。这里 48 年里没有女兵，红、黄、蓝的色彩没有在这里飘扬过。

李勇喜欢说的一句话是：带着泪光微笑，带着疼痛奔跑。这就是派出所的工作。

李勇的内心很孤独

他喜欢在路上看见一只羊，想多看几眼，他想知道羊到哪里去。甚至见到一头牛感觉也很亲切，他很想跟牛说句话：这头牛你要到哪里去？你会寂寞吗，快乐吗，幸福吗，有烦恼吗？有BB机的时候，有时没有信号，他和其他的官兵把BB机绑在旗杆上，早上升旗的时候，把BB机一起升到空中，晚上，再把BB机解下来，查看一些天气预报，或者留言信息。短暂的快乐可以抵抗几个月的寂寞。李勇更喜欢黑夜，把脑子里所有的亲人的样子都画出来，装在脑海里。在黑夜的路上来回走着，一个人，在黑夜的一条路上，心里满满当当，那是成年人的想家方式。

李勇的家在哈密，家对于他来说像旅店，偶尔回家一次，他自己都觉得自己像过客，不像家人，更不像一家之主。

李勇的儿子刚刚三岁，三岁的孩子已经懂得了世间的情怀。每次李勇打电话给家里，儿子总是不接电话。李勇的妻子问儿子，为什么不接爸爸的电话？儿子表情凝重地说：我烦得很。李勇和妻子不解儿子的成人话，也弄不懂儿子不接电话烦什么。有一次李勇回家，妻子出差了，妻子打电话给儿子，儿子也是不接电话。李勇问儿子，妈妈打电话为什么不接？儿子大人似地回答：我心里难受得很。孩子的大人话让李勇琢磨了很久才解开谜底。原来李勇经常不在家，儿子已经习惯了只跟妈妈在一起的生活，当李勇的电话打来后，让儿子的平静生活多了思念，儿子心里烦是因为自己想爸爸。儿子用烦表达他的思念，用难受表达对妈妈的想念。三岁的儿子，连语言的表达都语出惊人。

李勇手机里储存着儿子的照片，那个帅帅的儿子在李勇的手机里被捂出了汗，但是李勇不敢看儿子的照片，看了他知道要在下马崖过每天想儿子的日子有多么艰难。

想起家人李勇会突然间哽咽起来，他不能提起他的家人，提起他们，就想哭。

哽咽中的李勇有时会泣不成声。

也许太久了没有人提起这个问题，也许太久了他的忙碌掩盖了眼泪。这是一根不能触碰的神经。李勇从不提起，派出所的官兵也从不提起。因为他们给下马崖乡的老百姓做了太多，而家里的事情他们却无能为力。

母亲在2008年得癌症去世了。在母亲住院期间，妻子刚好生孩子。去见母亲？还是守在妻子身边等孩子出生？李勇左右为难，最终李勇选择了去看病重的母亲，把妻子孤零零地扔在了医院。妻子对李勇抱怨说：别人家的妻子怀孕像个宝，你的妻子怀孕像棵草。李勇无言以对。他欠父母的，妻子儿子的又何尝是“对不起”三个字能解释和弥补的？母亲在李勇离开医院后去世了，李勇没有时间回头替母亲下葬，他欠母亲的除了作为一个儿子的眼泪，还有男人的眼泪。

李勇的妻子是部队的领导帮忙找的，李勇在结婚前相过五六次亲，因为他的工作原因，女孩不愿找一年见不上几次面的军人结婚，相亲都以失败而告终。跟妻子结婚前也仅仅见过两次面就结婚了。如果再谈下去，恐怕又是失败。

母亲去世后，李勇让弟弟把75岁的父亲送到了哈密，父亲呆了半年又回甘肃老家了。他对李勇说：我在甘肃离你远，见不上你的面；我在哈密离你近，还是见不上你的面。我呆在甘肃跟呆在哈密有什么区别？我不想给你添麻烦，你安心工作，我还是回老家的好。

作为长子，李勇应该为家分担更多的责任，为家做的事都做给下马崖乡的乡亲们了。

李勇的妻子总是抱怨李勇是派出所的人，说家是李勇的旅店。妻子抱怨的时候，李勇从不反驳。抱怨得多了，妻子就无奈了，绝望了。绝望后，剩下的就是接受现实。儿子病了，妻子从不会打电话给李勇，她知道打也白打，打了李勇也回不去，所以从来就不打。

回一次家对李勇来说也不轻松，在家里找不到方向，什么都得问，感觉像一个局外人，连儿子也不跟他睡觉。等家里的事情摸熟悉了又得走，这样反复的日子，妻子也不适应。妻子总是跟李勇唠叨：你干脆住下马崖别回来了，回来了倒影响我跟儿子的正常生活。

只要李勇从家里回到派出所，躺在派出所的床上睡觉，他就能睡得很好。跟战士们在一起，他内心里剩下的是踏实和平静。他呼吸着的空气里有一种磁场，让他无法拒绝又无法离开的磁场。

在下马崖的夜空里，黑夜很黑，黑得看不见自己。天空很深邃，深邃的都是星星的眼睛。一点点、一点点的光芒在深邃中眨着眼睛。

## 二、荣誉墙上的集体

在下马崖边防派出所的荣誉室里，第十四批之前的下马崖边防派出所历任所长、副所长、政治教导员的名字都贴在墙上，他们是薛汉良，刘再德，董德发，阿尤甫，艾买提，帕孜，王玉春，潘永东，陈党全，苏海东，热吉甫，丁吉新，赵文辉，王玉勤，何自伟，阿里木，邓伟，周锁录，库来西，买买提，柔加才让，杨子江，王利军，艾合买提等。

下马崖的每个乡亲都记得他们的名字，他们的名字不仅刻在荣誉室里，也刻在老百姓的心里。

荣誉室里挂着 168 幅锦旗，黄色的烫金字写着日期、获奖的内容。其中被国务院表彰的全国“民族团结进步先进集体”的荣誉有 5 次。

荣誉室是警醒室，来这里的每一批官兵的第一堂课是在荣誉室里上的。因为有了这第一堂课，来这里的官兵在下马崖该做什么，怎么做，都有了目标有了答案。

在这里首先过思想关，你必须跟这里的老百姓团结成一个人。第二个是语言关，你能跟老百姓交心老百姓才信你。如此，任何一个官兵只要来到下马崖边防派出所首先要学会说简单的维语。下马崖工作的特殊

下马崖派出所是个光荣的集体

性也决定了官兵面临的工作压力。20世纪70年代、80年代解决下马崖老百姓的吃穿，90年代老百姓解决了温饱，他们需要送科技信息，送技术送文化，转变老百姓的固守观念。

2004年，下马崖才通了电和自来水，老百姓才过上有电有水的正常日子。在这样的地方生活，百姓生活苦，派出所官兵的生活也同样苦，而且比百姓更苦。

下马崖的村民都全部搬进了新居，2011年，派出所的办公楼才开始新建。

新楼后面是最早的办公楼，有10多间平房，岁月的痕迹在土墙上斑驳出现，最早的官兵的影子在每一批新来的官兵的心里慢慢地放大着比重。甚至他们从没有见过面，甚至老兵们没能面对今天的新兵们说老兵们的过去，甚至老兵们叫不上新兵们的名字，但是荣誉墙上14批以前的官兵将根基扎实在这块土地，把青春和热血洒在了这块土地。老旧的房子是历史，是见证，是今天下马崖边防派出所集体荣誉里浓重的一笔。

新楼的两边是最近几年的房子，所有官兵宿舍、办公点、会议室、饭堂都在两排平房里。写着“爱民井”的小水塔正在用胶管浇筑着新楼的水泥浆沙。“爱民井”后面是3亩的菜园子，官兵们仍然保持着部队的优良传统，自己种菜，分给乡亲们吃。

每个宿舍的床铺也像在部队，被子一条线，床铺干净整洁，院子里连一片树叶也没有。

李勇，巴哈德尔，刘伟，王毅，李建，王伟华，孙涛，李洪超，刘振东，杨龙飞，西尔扎提……这些是下马崖边防派出所第十四批官兵的名字。在他们之前，有十三批已经退役、退伍的官兵，他们分布在全国的各条战线。有的仍然在农村过着贫困的生活，有的杳无音信，有的已经离开人世。生命于他们而言是宽度是广度，因为他们从来没有想过，在他们离开下马崖的那天开始，谁还能记住他们。所有的荣誉在下马崖边防派出所荣誉室的墙上定格成过往，只有他们的灵魂在寂静的夜里去荣誉墙上光顾曾经孤独的守侯。

在十四批之后还会有第十五批官兵、第十六批官兵……一直会接力着往下走，在下马崖的路上留下他们到达的足迹。

### 巴哈德尔

巴哈德尔来下马崖边防派出所之前在伊吾淖毛湖派出所。2005 年年底，巴哈德尔的领导带他来下马崖边防派出所，首先带巴哈德尔去荣誉室参观，他看到了好多好多的荣誉，一整面墙都装不下。

巴哈德尔的领导问他，感觉怎么样？

巴哈德尔说：太好了。

领导说：想不想来这里？

巴哈德尔说：太想了。

2006 年 1 月 15 日，领导对巴哈德尔说：明天你就去下马崖边防派出所上班吧！巴哈德尔听了傻眼了，这是真的吗？领导说，真的。巴哈德尔一时激动地说不出话来了，他兴奋得一晚上都没有睡好觉，心里一直乐着！

巴哈德尔是好样的

2006 年 1 月 21 日上午，巴哈德尔下管区给老百姓打招呼：你好爷爷，你好奶奶，你好叔叔，你好婶婶……我是警官巴哈德尔，有事请联系我。这是巴哈德尔下管区见到下马崖乡的百姓说的问候语。巴哈德尔没有停止走访的脚步，当他走到下马崖乡卫生院门口时，从大门内侧走出来一位汉族奶奶，看到老奶奶，巴哈德尔便主动上前热情地问候了一句：“奶奶好！”老奶奶有些不好意思地对巴哈德尔说：“乖乖（徐州方言），我这里有两袋子煤，你看，你能不能帮我送到家里？”巴哈德尔很爽快地答应了老奶奶，并拨通了教导员杨子江的电话。很快派车过来了，巴哈德尔和驾驶员孟庆立帮助老奶奶将两袋子煤送到了她的家中。那是一间面积不足 40 平方米的破烂不堪的低矮、黑暗的泥土结构小屋。房前堆放着一堆煤渣子和一个竹筛子，筛子上面可能是奶奶筛好的“小煤疙瘩”。推开门，整个屋子除了一些生活必备的锅碗瓢盆以外，就是一张餐桌、两张木床，最值钱的莫过于一台 20 世纪 80 年代的古董。看到这种情景，巴哈德尔不由自主地问起了老人的家庭情况。那一刻，巴哈德尔的心里在流血，眼泪禁不住流了下来，那是七尺男儿的眼泪。巴哈德尔开始定期给吴奶奶生活费，并赞助吴奶奶孙女上学。从吴奶奶开始，巴哈德尔便和下马崖乡的每个乡亲有了直接的联系。斯皮亚木姐姐的丈夫在淖毛湖因车祸去世，大女儿上高中，弟弟尔夏提 11 岁、妹妹齐曼古丽 9 岁都上小学。斯皮亚木姐姐没有钱供三个孩子上学，巴哈德尔下管区的时候知道这个，就替三个孩子交了学费。艾尔肯没钱买化肥，巴哈德尔就给钱让艾尔肯买回化肥，把地种上。

2008 年，巴哈德尔结婚，一年时间，他仅仅回过 3 次家，给家里捎回几千元钱。其实，他的家并不远，就在哈密。

巴哈德尔的妻子也是一名警官，每学期都是她提醒巴哈德尔该给孩子们学费了。

妻子怀孕，巴哈德尔仍然没有时间回家。只有夜晚，闲下来的时候，巴哈德尔才能跟妻子通上电话。在电话里，所有的抱怨、所有的委屈、所有的付出都化成了他们彼此的倾心交流。

巴哈德尔在领奖

在巴哈德尔来下马崖上班的那一天，杨子江教导员对他说了这样的话：要做永不停息的发动机，一定要抓住点点滴滴的时间去做好自己的工作。巴哈德尔一直把这句话记在心里。

巴哈德尔每次下村摸排，手里都有一个小本子，上面有每个村的村民名单，每家照一张全家照放在本子里，然后做成台历发给每个村民。这样便于管理，谁家的人什么时间外出什么时间回来，一清二楚。每家人的年龄、职业、外地的亲戚都记在脑子里，每月所里要考核。每年支队要考核，一个名字出现失误达不到标就算考核不合格，没有资格呆在下马崖派出所。

在下马崖派出所的 6 年，巴哈德尔被下马崖乡的乡亲们亲切地叫着：我们的巴哈德尔；被吴奶奶心疼地叫着：我的巴哈德尔；被艾尔肯和斯皮亚木姐姐叫着：我的好兄弟。

**刘伟**

刘伟从喀什支队考入新疆指挥学校，毕业后借调到伊吾边防大队担任排长。2008 年，大队长的一句话“不行就到基层去”，让刘伟来到了下马崖边防派出所。来到下马崖边防派出所，刘伟才真正领会到了什么是基层。

3年的时间，刘伟记住了当时教导员王利军的话：优秀是一种习惯。初次他听到教导员的这句话并不明白其中的深意。后来，他多次在书上、网络上看到才知这是古希腊哲学家亚里士多德说的。

亚里士多德的原话是：如果说优秀是一种习惯，那么懒惰也是一种习惯。人出生的时候，除了脾气会因为天性而有所不同，其他的东西基本都是后天形成的，是家庭影响和教育的结果。所以，我们的一言一行都是日积月累养成的习惯。我们有的人形成了很好的习惯，有的人形成了很坏的习惯，所以我们从现在起就要把优秀变成一种习惯，使我们的优秀行为习以为常，变成我们的第二天性。让我们习惯性地去创造性思考，习惯性地去认真做事情，习惯性地对别人友好，习惯性地欣赏大自然。

从此，刘伟才知道教导员王利军经常对大家说这句话的真正的含义。教导员希望大家在一个优秀的集体里养成优秀的行为，去习惯性地做一些对老百姓有益的事情，把帮助老百姓，爱老百姓当成一种自觉行动，无论什么时间、什么时候，也无论长幼，去做就是自觉行动。

官兵帮老百姓搬家

优秀是一种习惯，3年里，刘伟就是用这句话鞭策自己，鼓励自己，在基层锻炼，在基层体会。

2008年，刘伟跟巴哈德尔下管区，来到艾尔肯家。刘伟知道，艾尔肯的孩子上学是巴哈德尔资助的。到中午吃饭的时候，艾尔肯不让

他们走，硬是让他们吃过午饭再走。午饭多了一盘羊肉，刘伟和巴哈德尔不动筷子，他们也不知道羊肉是从哪里来的。一直到出门时，刘伟才发现，进艾尔肯家时数了数门口有四只小羊，现在剩下3只了。顿时刘伟的眼睛红了，眼泪快掉了下来。原来老百姓和下马崖边防派出所的官兵感情这么深厚。只有对自己报恩的人，才能宰了小羊羔款待恩人。

这个细节一直记在刘伟的脑海里，也是从那天起，刘伟知道伊吾大队长对他说的到基层去锻炼的目的。去年，刘伟的父亲癌症去世，是派出所的全体官兵为他捐款2000元。刘伟捏着全体官兵给他的钱，泣不成声。这钱里包含着这个集体对他的真情。

现在假如问刘伟，如果还有其他选择，你会选择离开这里吗？刘伟说：离开这里，我不知道要去哪里。

**王毅**

父母家在新疆博乐的王毅，2015年8月，23岁时已是入伍6年的老兵了。

白天太忙碌了，忘了想家。

当晚上睡觉的时候，王毅躺在床上，眼睛盯着上铺的床，然后想：奶奶现在做什么？最想的人是奶奶。小时候一直跟着奶奶长大，对奶奶最有感情。想奶奶是因为奶奶能活到今天太不容易了。奶奶死里逃生几次，几次都险些离去。1992年，奶奶肝硬化腹水，躺在床上都看不见奶奶的脸，只能看到像锅盖一样的肚子，每天医生从奶奶的肚子里抽出一盆子水。医生告诉爸爸妈妈，准备后事吧。爸爸在家把奶奶的灵堂都准备好了，结果奶奶从医院偷偷出来，一个人找了个车从乌鲁木齐回到博乐。奶奶让爸爸把灵堂搬走，竟然奇迹般地活了下来，连医生都没有想到奶奶能活下来，医生说：奇迹！那时奶奶58岁。

2004 年，奶奶脾结石，2007 年患癌症一直到现在。奶奶的耳朵不是很好，听不到什么声音，每次打电话，奶奶就会说：我很好，你不用担心，你在派出所好好工作，不要给派出所丢脸。

每天晚上躺在床上想奶奶的时候，王毅都想哭，有时偷偷蒙着被子在被子里偷着哭。

在王毅的记忆里，爷爷 1989 年去世后，奶奶又病了，奶奶的病花光了家里的全部积蓄。王毅两年才能买一套新衣服。小小的他当时还不知道什么是困难。

2008 年，王毅还在巴里坤红山派出所的时候，父母亲和小姨来巴里坤探亲，他们住在巴里坤宾馆才告诉王毅，他们来了。晚上王毅下班，去宾馆看父母，爸爸见到王毅把儿子抱在怀里，什么话也没有说，王毅知道爸爸忍着眼泪，他自己也是忍着眼泪。王毅在房间找妈妈，没有找到，半个小时后，妈妈从卫生间出来了，眼睛是红的，笑着跟王毅拥抱。看见妈妈的红眼睛，王毅才明白妈妈躲在卫生间哭了很久，妈妈不想让儿子看见她流眼泪。那是王毅当兵 3 年后第一次见爸爸妈妈。

官兵帮老百姓收瓜

2011 年，王毅从巴里坤红山派出所来到下马崖边防派出所，来到这里的第二天王毅就被安排在厨房做饭。2 个月后，又兼职卫生员。乡里的百姓要治头疼脑热的小病，或者简单的扎针王毅都能完成。

王毅说：来这里的最大收获就是磨练了意志，学到了很多东西。在个人方面，学会了做饭，扎针看病，开拖拉机，修拖拉机，养鸡，学会了焊工。在工作方面，学会了感恩，学会了跟老百姓相处就跟家人一样。优秀是下马崖边防派出所的标准，在这里的官兵都是优秀的。

闲着的时候王毅总是讲笑话跟战士们打发寂寞，一讲讲一个星期，有的讲一个月。这里的厕所是旱厕，冬天冻屁股，夏天蚊子咬屁股。刘伟刚来这里时，上厕所被蚊子咬成了大疙瘩。大家知道这个事，就当成笑话每天晚上睡觉前讲，讲的时候添油加醋，一讲讲了一个月，每次大家无论谁讲，都开心地大笑。

王毅是这里的开心果，有了王毅的笑声，这里会少些寂寞。

### 他们

李洪超刚刚 20 岁，已经有 3 年的兵龄了。2015 年年底将要退伍回河北的家。厨师李洪超，每次做饭的时候都把录音机的音量开得很大，一边听歌一边做饭。听着音乐做饭也许是李洪超留在派出所最后一年最快乐的时光了。他也许用听音乐的方式排遣着一种对未来的迷茫。农村兵，退伍了就得回家。退伍以后能做什么？去跟哥哥开挖土机，或者开个饭馆？他还没有决定。他还是个孩子，青春在他稚嫩的脸上仍然保有天真的表情痕迹。

司务长刘振东总是默默做事，不说话。其实刘振东心可细得很。新来的兵在种菜的时候不小心踩上了菜苗，司务长刘振东就会说，赶快把菜苗扶起来。新兵说，一棵菜苗有什么？司务长说，一棵菜苗也是一把菜。不当家不知柴米贵，当了家才知道种一把菜不容易。

高大的王伟华，一看就知道是山东人，他的话还带有山东口音。就是这个王伟华还因为热孜尼瓦汗大妈送给他的刺绣手机套，意外地给大妈做成了一笔生意。不经意间，给大妈打开了民族刺绣的销路，让热孜尼瓦汗大妈融刺绣剪纸的维汉文化推向了内地。

来自湖北的孙涛也才 20 岁，既当司机又当修理工。派出所的事除了分工之内的活，只要有空闲大家还会抢着干。

来自陕西宝鸡的杨龙飞 19 岁，2012 年 4 月才从巴里坤县大红柳峡调来，2015 年 11 月也面临着退伍。他刚来几天跟王毅很好，说王毅干事踏实，在王毅身上学了好多，王毅乐观、爱帮人，性格好，什么都会。杨龙飞还说，司务长责任心大，不好当，吃喝拉撒什么都管。他喜欢看《士兵突击》《亮剑》，喜欢《亮剑》中的李云龙。面临退伍了，他感觉很矛盾很难舍。

家在山东的李建一直忙他的内勤，传稿件，发传真，不声不响。下马崖乡第 11 名“警官邮递员”在远离人们的视线里，安静地做他的事情。这是他的性格，也是他能做好编外邮递员工作的优点。遇事冷静，细致，不张扬不急躁。

在这第十四批官兵里，除了巴哈德尔和刚来这里的大学生警官西尔扎提有城市户口，包括教导员在内的其他的官兵都来自农村。因为来自农村，面临退伍的事总是伤脑筋的事，退伍以后他们在不熟悉的农村做什么？他们能给父母家人带来什么经济收入？这是很现实的问题。在 2014 年，有些贫困地区的当地民政给农村退伍兵的补助仅仅 5000 多元。李建已经 30 岁，王伟华 31 岁，刘伟 29 岁，刘振东 27 岁，他们都是要成家的人了，退伍了他们需要买房子，需要钱建立一个新家庭。

他们在下马崖派出所从不想这个问题，太难太遥远太不现实。然而

官兵们在相互交流

退伍就在眼前，谁能逃避得了？

夜晚灯光明亮，高楼大厦装饰着每个城市人的梦，在睡梦里，城里的人能想起遥远的边境线上的官兵为他们守护的安宁吗？每一个可爱的孩子能想起遥远的边关还有当兵的爸爸在想念自己吗？不能！就像在下马崖的路上看不到灯光，派出所的院子里漆黑一片一样，当黑夜来临的时候，派出所的全体官兵只想着守关的职责，没有想起城市里夜晚那迷人的灯光和睡在梦乡里的人们。让人们安宁着幸福着享受着，才是守关战士的义务。

我用照相机给每个战士拍照留念，下次我们再来，许多战士都回到了他们农村的家；下次，这里又都是新的面孔；下次，我希望在深圳的某个餐厅，某个企业，某个单位碰见他们中的任何一个；下次，我甚至希望他们仍然在这里。

照片中的他们阳光灿烂，下午的阳光正好照着他们的脸庞，青春年少的他们，勇敢、刚毅、坚强、充满着朝气。照片中定格的是他们微笑着的样子，憧憬着的样子，快乐着的样子。

二层的新办公楼在2012年年底使用，在新办公楼前面，我们和第十四批坚守在这里的全体官兵合影留念。

要走了，真的有点不舍。张开双臂，我们和每一位官兵一一拥抱着道别，我们叫着他们的名字，热泪含在我们的眼里。

因下马崖到哈密的车每天很早，只有一趟中巴，教导员帮我们叫了一辆中转站的人货两用车送我们到哈密。

车过了伊吾县城，过了白石头风景区，车正在过天山，翻过天山，就是哈密。眼前是天山山脉，前几天下的雪让天山山脉再次银装素裹。

天山横亘在眼前，巍峨、雄壮、博大。下马崖边防派出所的官兵在我们眼前浮动，挥之不去的影子在我们的脑海里扎根。

我拿起手机按着李勇教导员的手机号码，发送了这样的信息：教导员，我们已经在天山上了，感谢你给我们找的驾驶员，他给我们讲述了许多关于你们的故事。车在行，你们在我眼前凝固着。感谢几天的相伴支持，感谢连心坝坎儿井的美景。记住你们就像记住了一面旗帜。

信息发送了出去，连同我们感动的心一起随着空中信号发送了出去。

这种感动，像人类追逐大雁飞翔时的情怀，总是抬起头，挺起胸，凝视着，仰望着，感动着。

我们追寻着这样的集体精神和集体荣誉，它是我们幸福生活的全部内涵和核心价值。

## 三、嘴边的下马崖

下马崖其实是一个乡，新疆最东边最边远的一个乡，也是人口最少的一个乡。

我更喜欢把下马崖叫一个村子，村子小，也能遮风挡雨。

当我在这里住了一周后，我知道这个村子的故事不是我们每个人都曾经生活过的村子那样，也不是每个人曾经眼里对村子的全部记忆和扫描。

下马崖这个村子，只有在这里土生土长的人们才能拥有的一种记忆和味道。它把一种人类最朴素的情怀种植在这里，也把人类最简单的生活内容一点点地积累在这里。

在这里，村民和边防官兵无距离地成为一家人，成为一种温暖的回忆，成为用语言表达出来后温暖的话语。

从下马崖边防派出所采访离开时，坐出租车返回哈密。

与世隔绝的村庄

出租车司机快37岁了，叫王后之。我刚坐上车，王后之就问我，你采访派出所的任务完成了？

我惊讶地问他：你怎么知道？他说：在下马崖，只要从外面来一个人，全下马崖的人都会知道。我笑了，我的笑里是默认：从外面来下马崖的人都会被这里的百姓“三堂会审”是事实，甚至记者也不会被放过。

我主动问王后之，你对下马崖边防派出所熟悉吗？

王后之说，我太了解派出所了。跟他们打交道，自己都变得纯粹了，我还是个孩子的时候就经常来派出所。

你年龄不是那个时间段的，为什么你能对派出所的事这么熟悉？

我的父亲跟他们很熟，小的时候就经常跟父亲去派出所，之前的事都是听父亲说的，之后是我看到和我经历过的。

王后之大学毕业于新疆教育学院，曾经是一名老师，后辞职下海。是王后之给我讲了之前采访时不知道的细节和故事。

我给你说说邓伟。

我是生意人，邓伟从不把我当生意人看待，一直把我当朋友一样。只从邓伟任命到下马崖的那天开始，他就把我当兄弟朋友。我结婚的时候邓伟带着官兵给我道喜，我的女儿出生过百天的时候邓伟也是同样的。2008年，邓伟调到伊吾边防大队时，还专门给我发了一条信息：感谢8年来你对我工作的支持。我当时感动得眼泪都流出来了。我仅仅是一个普通的生意人，邓伟那么忙，还把我这个普通的生意人记在心里，换谁能不感动？我把收到邓伟短信的手机专门保存了下来，重新买了新的手机使用，我怕原来的手机用得久了如果坏了会丢失手机里保存的邓伟的信息。王后之说邓伟的时候眼睛里仍然饱含着泪水。

官兵们帮助老大爷

邓伟的手机号码一直没有换号，我一直记着他的号码。邓伟是个好人好领导，我要把他发给我的信息保存一辈子。

就为了邓伟的这条信息，你需要一个手机放在那里为了保存信息？

是，这是邓伟对我的尊重。这条信息比金钱对我来说更重要，因为邓伟把我当朋友，是一种朋友的情意。如果以后邓伟退休了，不当领导了，我要把邓伟当成一个兄长，我会敬他记住他一辈子。

王后之说，再给你们说个你们不知道的。

2010 年，调任哈密边防支队当队长的邓伟回下马崖看望派出所的官兵，他悄悄地来悄悄地返回伊吾宾馆。但是下马崖的乡亲们知道后，自发地去伊吾宾馆送邓伟。那场面真的很感人，乡亲们在宾馆门前排成长队，连邓伟自己都没有想到乡亲们会自发地送他。邓伟有时间还会来下马崖看乡亲们，其他的

官兵在巩固堤坝

老所长也会来。青海的柔加才让 2011 年就带着妻子和儿子来看下马崖乡的乡亲们和派出所的官兵。柔加才让一到下马崖，乡亲们就把他团团围住了，现场的乡亲们激动地喊着：老所长，你回来了。老所长，你还记得我们。

只有在下马崖呆过的官兵才能感受到这种军民鱼水之间的真感情。

再给你说说巴哈德尔。

你们知道吴奶奶和她的孙女吴婷吧？吴奶奶的孙女吴婷生下来父母就离婚了，父亲跑了，可怜的孩子就交给吴奶奶管。下马崖乡没有汉语学校，吴婷就上维语学校。3 年级的时候，学校合并到伊吾县城，吴婷又从一年级开始上汉语学校，这样吴婷就晚上了几年学。吴奶奶的地是派出所种的，瓜是派出所一麻袋一麻袋背回家的。就连手机和手机费都是巴哈德尔交的。巴哈德尔每个月给吴奶奶 100 元生活费，后

巴哈德尔的母亲与女儿

来吴奶奶的孙女没钱上学，巴哈德尔又每学期给吴婷 400 元的学费。同时还支助斯皮亚木的三个孩子上学，这样他每学期给吴婷，斯皮亚木的三个孩子捐学费 1600 元。吴奶奶家的门锁坏了，电视调不出节目，生火做饭，劈柴提水这样的琐事，巴哈德尔都不厌其烦地去做。

2008 年巴哈德尔在哈密结婚，没有告诉下马崖的任何人，你知道，吴奶奶 80 多岁了，知道巴哈德尔结婚的事，当天打出租车去哈密参加巴哈德尔的婚礼。下马崖除了外出打工的人，在下马崖的全部人都租车雇车自发地去哈密参加巴哈德尔的婚礼。那是多大的惊喜呀！巴哈德尔想都没有想到。只有下马崖边防派出所的官兵能跟当地的百姓有这种情分。巴哈德尔是管户籍的，下马崖的老人去派出所办户口，巴哈德尔都是出门把老人搀扶到办公室，办完了再搀扶着送出门。他这样对待每个老人，而且一做就是6年，每天都是一样，每年都是同样。除了下马崖边防派出所的警官，谁能做到像巴哈德尔这样的？

王后之说，你们也许不知道巴哈德尔的爸爸，他是哈密边防支队的一位领导，我们的邓伟所长都是他带出来的兵，老领导了。可是没有人知道巴哈德尔的父亲是谁，他让儿子在最艰苦的派出所工作，巴哈德尔还有一个弟弟在哈密沁城派出所工作。妈妈是老师。可以说他们家是警察之家。但是你看他的儿子巴哈德尔多优秀，心地善良，乐于助人，因为巴哈德尔有个好父亲，有个好母亲。他父亲就一直做好事善事，从没有让媒体报道过。这样好的人呆在我们下马崖边防派出所，是我们老百姓的福气。

我总是提醒王后之小心开车。王后之总是滔滔不绝，他做过老师，他对事情和人的看法有他的标准，他说着派出所的故事，总结着自己的心得。

车在行，我们的思绪在翻滚，王后之的话在继续着。

> 你采访的李勇教导员也是个好人，他人踏实，正直，能干，业务能力强。派出所的大棚菜都是李勇教战士们种的，说是派出所的菜地，90% 的菜都送给了下马崖的老百姓。你们在城里听说过像下马崖边防派出所这样的事吗？肯定没有吧。只有在下马崖才有这样的感人故事。说真的，说起派出所的故事，几天几夜也讲不完，太多太感人了。在人们以金钱衡量人的价值的社会，在下马崖你能感受到无比的纯粹，无比的亲近，无比的幸福。
>
> 派出所的官兵做的都是小事，但是小事可以反映出一个人的品质，一个集体的凝聚力，小事做得久了，就成了伟大的事情，让人敬仰。

## 四、伊斯马伊力记忆中的下马崖

新疆伊吾县是全国最小的县城，而坐落在伊吾北端的下马崖，人所不知，偏僻荒凉，是新疆最边远的戈壁上的村庄，也是唯一靠近蒙古边境线上的村庄。在下马崖乡，维吾尔族占了总人口的95%，汉族成了这里的“少数民族”。

下马崖在维被吾尔语里被称为“巴依”即拜城，是富饶的意思。下马崖乡是当地维吾尔人最早聚居的地方，这里除了3公里的居民区，最多的就是戈壁、荒漠了。

下马崖的旱地

每天早晨太阳出来之前，90岁的伊斯马伊力老人都要双手合掌在心里忏悔他的罪过：“我希望来世还能来到下马崖，给政府做点事，给派出所的官兵做点事，赎还自己所犯的罪过，来世我是一个没有罪过的人。”当夕阳西下的时候，他同样双手合掌闭目忏悔。他的忏悔从1950年的春天开始，一直到现在。他说，只要他活一天，他就不会放弃忏悔。回想起当年的生活，仍然像噩梦一样。

由于特殊的地理环境，50年前的下马崖乡的维吾尔族村民，长时间生活在西方敌对势力和不甘心失败的上层反动分子、土匪乌斯曼的压迫之下。1950年春，反动势力煽动土匪发动了“伊吾武装叛乱”。他们散布谣言，歪曲事实，蛊惑、胁迫不明真相的维吾尔族、哈萨克族群众参加叛乱。

伊斯马伊力老人清楚地记得，在1950年3月29日早上7点，叛匪头目艾力木带领12名叛匪悄悄潜入下马崖驻村工作队，抢劫枪支，将正在帮助群众春耕生产的赵贵田、司马义等7名官兵全部捆绑后残忍杀害。那时的伊斯马伊力老人刚从国民党队伍里逃回家，7名被杀害的官兵就在他的眼前牺牲，鲜红的血染红了伊斯马伊力的眼睛，震撼了他的灵魂。眼前的反动派所犯下的一切惨绝人寰的罪行，都被他所目击和见证。伊斯马伊力控制不住他悲愤的心情，他流着眼泪忏悔：我这辈子跟错了人，做错了事，把好人当坏人，我一定要为死去的解放军官兵报仇。

就在赵贵田、司马义牺牲的那一天后，伊斯马伊力主动加入了中国人民解放军进疆部队，参加了40天的伊吾保卫战，成了下马崖的历史教科书。

伊吾保卫战之后，亲历过分裂、动乱之苦的下马崖乡的维吾尔族村民特别珍惜来之不易的日子，跟当地驻军官兵结下了深厚的感情，并口口相传，让子孙后代都铭记在心。

伊斯马伊力对数字很敏感，在他生活中发生的事情，他都用数字记在记忆里。

1964 年 1 月，下马崖边防派出所成立，从此下马崖乡的村民有了自己的身份证和户口本。

从 1964 年开始，连续 20 多年的时间，下马崖边防派出所为了让村民们彻底告别涝坝水，一直探测着打井的水源地。

1987 年 7 月，派出所请来的专业技术人员，先后在下马崖选建了三口井，第一口井和第二口井都没有打出水，最终在第三口井也就是在下马崖边防派出所院内勘测到有丰富的地下水，而且水质很甘甜，可以打井。

水就在派出所的院内，却找了 20 多年，这是老天爷考验派出所官兵的耐心呀。一听在院子里就能打井，派出所的官兵不分昼夜加班苦干。大热的天，蚊虫叮咬，有的南方来的战士全身起了大红疙瘩，奇痒难忍，他们咬着牙坚持，有的累倒了再爬起来。经过两个月的努力，下

下马崖有口“爱民井”

马崖乡历史上的第一口井在派出所的院子里诞生了。

这是幸福的甘泉。

伊斯马伊力和全乡的村民一起像过节一样奔走相告：有井了，有水了，甘甜的水，我们不用再喝涝坝水了。

看着村民们提着酒瓶、暖瓶，端着盆子来派出所打水，同时还牵着他们的牛、马来饮水，那激动的心情兴奋的心情像久旱的禾苗遇到了甘霖一样。

当甘甜的水从伊斯马伊力老人的手里捧到嘴边，再进入肠胃的那一刻，伊斯马伊力老人悄悄地擦拭着眼角激动的泪水，他转过头，看到派出所的官兵也在悄悄地用手抹着眼泪。

20 多年呀，就为了找这口井。

伊斯马伊力老人知道，做这一切，派出所都是为了让老百姓早一点结束喝涝坝水的生活。今天甘甜的井水在每个村民的胃里足足地过了个瘾，过了千回百回，那甜的滋味在村民的血液里舒畅地流动着。

从这一天开始，下马崖乡的全部村民跟涝坝水说再见了。村民们给乡政府建议，派出所的这口井就叫“爱民井”吧。乡政府根据全体村民的建议，将它命名为“爱民井”。

这一天，伊斯马伊力 65 岁。在他 65 岁的时候，他的生命里有了井的名字。

为了方便村民到井里打水，派出所专门在院墙中开了个“便民门”方便村民们行走，24 小时开放，并把一条土菜梗拓宽，铺上了水泥板。村里有的老年人和家里有病的村民挑水困难，派出所的官兵就从井里打出水，挑着担子一桶桶给他们送去，一天三次，早晨，中午，晚上，从没有间断过。

“爱民井”为下马崖乡的村民服务了 15 年时间，派出所的官兵为村

“爱民井”的故事还被搬上舞台

民挑水挑了15年。

直到2003年下马崖乡政府完成了防病改水工程后，“爱民井”的使命才完成。

现在，伊斯马伊力老人也会去“便民门”和“爱民井”看看，虽然现在自来水代替了原来的“爱民井”，“爱民井”也清静地闲置在派出所的院子里，但是90多岁的他每次走在这里，心中仍然是20年前的场景，那种幸福的场景是伊斯马伊力老人记忆中最甜蜜的回忆的开始。

其实他的回忆里还有更多的水，他做梦都不会想到有了甘甜的井水之后，还会有可以灌溉下马崖全乡农田的水。他活了65年，下马崖的村民都是靠天吃饭，天下雨收成好，如果天不下雨，那么这一年村民都要饿肚子。

水在下马崖的村民心里比油都贵重。

那是1990年的夏天，下马崖乡政府决定修一座水库，解决村民灌溉农田的问题。这个好消息让派出所的官兵无比振奋，他们主动请缨，承担了防渗层的铺设工作。在100天的时间里，官兵们粘结防渗涂层布7万多平方米。水库建在13条坎儿井的下方，在建水库的同时，官兵们还将多年堵塞的坎儿井的泉眼进行了疏通，让坎儿井的水流到水库。130万立方米的水库蓄水后，坎儿井的泉水，夏季的山洪，春天的融雪性洪水全被拦聚在水库。有了水库，浇地方便了，下马崖乡的土地耕种面积一下子翻了一倍，村民的收入也翻番。为了感谢派出所官兵在建设水库的过程中付出的努力，村民们自发在水库堤坝上建起了一块石碑，上面刻着“警民连心坝”，也叫“爱民坝”。

伊斯马伊力有事没事都会去水库旁走走，去坎儿井看看泉眼是怎样一汩汩流进水库的。3公里的路，他总是边走边想。下马崖乡的村民都认为自己最苦，在伊斯马伊力老人心里，其实最苦的是派出所的官兵。在下马崖，最苦的工作是派出所做的，最累的活是派出所干的，最脏的活是派出所分担的，最辛苦的事是派出所跑的，最寂寞的守候是派出所坚持的。比起派出所的官兵，下马崖的村民是幸福的。

伊斯马伊力是幸福的，他不会忘记，他这个有历史罪过的人和村里其他跟他一样的罪人，从来没有在下马崖乡受过歧视，也从没有被派出所的官兵当作报复的对象。派出所的官兵对他跟全村的人一样，每次他去派出所办事，都是被官兵们搀扶着进去，让到板凳上，倒杯水，让他喝了水后，再给他办事。办完事，再搀扶着把他送出门。有时，他没有事也想去派出所走走，为的就是被搀扶的感觉，那是一种温暖的感觉，那种感觉一直从他的脚底开始流到他的心脏，然后到他的胃再到全身。那种温暖的感觉里有亲情的成分，他喜欢这样的温暖。

这样的温暖不仅是在派出所里，也在暴雨山洪的夜晚。

2007年8月30日，由于连降暴雨，下马崖乡发生了特大山洪，当日傍晚，下马崖尤库日买里村出现洪水，全村 99 户 450 多人受到洪水的威胁。大雨还导致电路、通信全部中断。那是漆黑的夜晚，洪水的声音淹没了村子里的哭泣。

伊斯马伊力听到微弱的声音在喊叫：快救救我的爸爸妈妈吧！声音断断续续。

这时，另一种声音响在伊斯马伊力的耳边：我们来了，你的爸爸妈妈不会有事。

这是派出所官兵的声音，这个声音盖过了洪水的声音。有了这个声音，伊斯马伊力不再担心被求救的人了，他知道，这个声音到来，被困的人就可以得救了，可以放心了。

这种声音让他的心里有种暖流通遍全身的感觉，就像在派出所被官兵们搀扶的感觉一样。

官兵们在参加劳动

当日深夜，“爱民坝”多处坝体出现管涌、渗漏，如果继续下去，下马崖老百姓的生命财产安全将有危险。此时，洪水造成供电全部中断，下马崖乡成了漆黑一片。在家里的伊斯马伊力老人，听到官兵的声音在整个大坝响着，救援的声音在他的耳边响着，那是多么黑的夜，多么响亮的声音啊！伊斯马伊力再也不能在家里呆下去了，他从屋角找来一盏旧马灯，迅速地擦了上面的灰，用火柴点了一下，旧马灯却能亮起光来。伊斯马伊力顾不上穿雨鞋，他头顶了一块雨布冲出家门，他忘了自己已经快 90 岁了，速度早在他的肌体里慢慢地退化。在风雨交加的夜晚，在洪水咆哮的夜晚，在响着派出所官兵声音的夜晚，伊斯马伊力艰难地走了 3 公里的路，来到随时会出现险情的大堤上，吃力地举起他手中的旧马灯，他高高地举起，像举起他生命中全部的力气，在漆黑的夜里，伊斯马伊力举起的马灯，像光明之神照亮着“爱民坝”。

一分钟过去了，五分钟过去了，十分钟过去了，半个小时过去了，全体村民们都来了。

伊斯马伊力的眼前是官兵和村民的影子，他们在大坝上忙碌着，沙袋在不同的手中接力着，肩和肩并在一起，大坝堵住了，洪水退去了，举在伊斯马伊力老人手中的马灯熄灭了。

他倒了下去。

当伊斯马伊力睁开眼睛的时候，他的身边是哈密边防支队派来的“爱民医疗服务队”的战士，他躺在自家的炕上，战士们高兴地喊着：伊斯马伊力爷爷终于醒来了。

伊斯马伊力看见眼前的战士笑了，他全身的细胞里还残留着那种温暖的喊叫声。他希望这份温暖一直暖着他未来的日子，直到他老死。到那时，他还会来下马崖，重新做一次下马崖的村民，重新让赵贵田、司马义等牺牲的 7 名官兵再活一次。

## 五、2015 年的变化

2015 年 11 月，从淖毛湖到下马崖的路上我看见许多的骆驼行走在高速公路上，它们看见眼前的车辆也不躲避，偶尔还透过车窗跟你对视。

车窗外的骆驼，我喜欢你在前面的张望和驻足，喜欢你回头的瞬间把我当作你的异类，喜欢你慢慢地踩着戈壁啃食的那份悠闲。你饱满的驼峰把阳光里的水分交给戈壁，也交给我这个异类的过路人。

再次到达下马崖这个明媚的村庄，时间已经过去了 3 年。3 年里，这里的村民都搬进新楼。没有搬进去的是在旧的村庄里等待着冬天牧场

淖毛湖边的夕照

里的羊群归来。

下马崖边防派出所的官兵也搬进新的营房。2012 年在这里时还是旱厕、旧营房。这次再来所有的都是新面孔。刻上字的石头都移动了原来的位置，冬天所有的树叶也都掉光。几棵苹果树还挂着好多绿色的叶子，碧绿地衬托着冬天的景象，把最后的绿展示给我。倒柳的绿是回忆，就像扎根一样坚实。所有的改变在我眼前铺呈开来，像幕布缓慢拉开又缓慢闭合。

巴哈德尔已经是所长了，之前他要当所长的愿望在 3 年里实现了。曾经两次被国家主席习近平接见，握了两次手。原来的教导员李勇是哈密边防支队副支队长。原来的第十四批坚守的官兵，只剩下西尔扎提。王毅退伍了，刘伟是哈密沁城边防派出所的副所长。李洪超没有选择退伍，调到三塘湖边防派出所，仍然是厨师。李健是伊吾机动大队教导员，结了婚，把家安在了哈密。

现任教导员丁斌仁带着我把新营区走了个遍。也看到又多了几个新成员，安安是个宠物狗，小小的个儿，一直跟在后面，人走哪里它去哪里。左前面的拉不拉多奥斯卡，左后门的赖皮，右边的汪汪藏獒。老 K 生了 6 个孩子，孩子在她肚子底下保暖，有吃的时候她会出来找吃的，然后再去保护孩子。

1996 年的新兵马跃，在最基层的寂寞刚刚开始。

我问，你寂寞的时候做什么？

他说，在厕所里吼民谣《南山南》。

他的寂寞方式让更多的官兵活跃起来，大家开口说话，其乐融融。

西尔扎提带我去了图尔干老人家，老人冬天在新楼住，夏天还住他的平房，守着满院子的杏子、核桃、葡萄。在图尔干的新楼房，我看到 3 年前的老人。3 年过去，他已经 80 岁了。

图尔干老人骑着红色三轮车

他一看见我，就笑着说：你就是那个给我拍照的深圳记者。高兴的样子像个小孩，不加掩饰。

你还欠我的照片呢？

他还记得 3 年前拍照片的事。

我从博客里打开，让他看见了 3 年前的他自己。阳光灿烂的他在 3 年前的图片里走出来，他骑着派出所给他买的红色的三轮电动车穿过葡萄绿荫。

哎呀，太谢谢你了，要不是你拍的照片，我都不知道 3 年前自己长什么样。他笑起来的时候，下巴上的山羊胡子也在跳舞。

他的妻子像 3 年前一样坐在炕上，似乎她从不下地，一直用同样的坐姿坐了很久。她让图尔干告诉我，在家里吃晚饭。

我谢绝了主人的好意，在夕阳最后下线时，下了他家的楼，看到了那辆 3 年前红色的三轮电动车。它在新楼的下面放着，上面落满了灰尘。

你下次来还来我家，夏天的时候杏子就熟了。

我走出很远了，图尔干还在我身后招手。他的声音被风送到我的耳朵里，很温暖。

我的耳朵里还有丁斌仁教导员的话传过来，图尔干老人在每年的八一建军节都会宰了羊送到派出所，给官兵们改善伙食。多年了，一直没有停止。

# 一家三个男人两代边防

开门进去后是一条铺满客厅地板的长地毯，踩着这条长地毯到尽头是阳台下的小方桌。只有维吾尔族人才有的装饰风格尽显画面。下马崖边防派出所所长巴哈德尔带我进来的这个哈密商品房，是他父母亲住的地方。从开门透出寒气到关门下座，巴哈德尔的父亲和母亲一直把我礼貌让到阳台下的方桌前。上面有干果、小食品、苹果。

老边防卡德尔是我走过新疆边防线在东疆哈密见到的年龄最大的，也是见到的第一个退休后的边防老领导。他退休前不是师级干部，是后腰的五个脊椎都弯曲变形的老边防。

他不能坐在硬的板凳上，只能斜靠在儿子对面的墙边侧坐。

儿子巴哈德尔跟孙女在他对面的墙角边的地毯上坐着，玩着，孙女开心地笑着跟爸爸玩游戏。她的笑声里没有爸爸的童年，也没有爸爸童年缺少的爷爷的陪伴。她的爷爷在对面的墙角边的地毯上坐着，远远地跟我交流着过去，也近距离地看着孙女跟儿子幸福地玩耍。这样的画面没有出现在他过去的时光，只出现在他老了的时光里，他用眼睛追逐着这个幸福的画面。

他的妻子在阳台上的小桌子旁跟我回忆那些过去的时间带走的青春

巴哈德尔与父亲、母亲、女儿在一起

孤独，无助的岁月，她的岁月里只有两个儿子和弟妹陪着她，她陪着两个儿子。

卡德尔 1973 年 12 月当兵，那年他 17 岁。呆过 8 个边防派出所，1 个老爷庙边检站。2003 年在哈密老爷庙边检站担任政委。

在他干边防的 20 多年里，他一直跟妻子分居两地。家里的活全部扔给了妻子，妻子还带着自己的妹妹、弟弟，自己的两个儿子。妻子是老师，要上班。一个上班的女人带着 4 个孩子过生活，那叫什么生活？好在两个儿子从小就学会了做家务、洗碗、做饭，从小就知道帮邻居家干活。

卡德尔 1973 年至 1978 年在淖毛湖，1979 年至 1983 年在盐池，1990 年在哈密任边防大队的教导员。在哈密的边防派出所、检查站他全部工作过。两个儿子是妻子一手带大，妻子是老师，要给学生上课，回家还得管两个孩子，给孩子做饭吃。卡德尔 3 个月才能回一次家，有时半年才能回家一次。

卡德尔坐在暗影里把话传过来：那时，生活条件艰难，所有来的新兵首先跟他们拉家常，让他们在艰难的环境里感受到领导的体贴。原来

的兵跟现在的兵不同，原来没有结婚的官兵好管一些，结婚后的经常想家很难管。离婚的也有，仅仅是个别现象，没有现在离婚的这么多。

那时，生活上跟解放军边防连也是有差别的。每次吃饭时，边防连的官兵能吃上肉罐头，我们只能吃窝窝头，都在一块区域，生活条件上也不相同。我们都不会因为他们吃罐头跟他们去计较，那个时候的人都很纯朴，要求也没有那么多。

也不知道跟儿子们交流，回家的时间少，又没有电话、手机这些先进的通信工具。回家连公交车都没有，在路边搭个拖拉机回家那是幸运的事。大多时间你连拖拉机也搭不上，能搭上时，没有时间回家。

你知道人们叫他什么吗?

妻子接过卡德尔的话给我说。

我说，他是领导，叫领导了?

她笑了，不是，叫他干劲。他能干，不回家。

我们都笑了，为了卡德尔的新名字“干劲”而笑。

卡德尔接过来说：那时在基层，儿子小，都生活在农村，吃水不方便也用人挑着水桶去井里打水。冬天冰天雪地路滑，她挑着水桶摔倒了无数次。

我问，那你知道了也不回来帮忙?

没办法，回不了家。想帮也帮不了。

妻子接了话题，巴哈德尔在学校学习非常好，我不想让他当兵，让他好好考个好大学，不要像他爸爸那样，过不上正常的生活。

高中毕业前，巴哈德尔的老师告诉我，部队来招人，巴哈德尔长跑第一名，是成绩最好的一名，好像被录取了。我找到巴哈德尔时，已经无法劝说，他说我除了当兵，其他的什么都不选择，不去上大学。

巴哈德尔去了最艰苦的基层派出所，干扫地、掏厕所、喂鸡喂羊、做饭的事。妈妈听说后，让卡德尔去看看儿子，帮儿子调到城里。卡德尔说，你家儿子是儿子，别人家的儿子就不是儿子？如果我去看儿子，其他当兵的父母怎么办？他们都来边防，工作怎么办？我要看了自己的儿子，其他当兵的更想家。

当个领导有什么用，不当领导还能帮儿子。妻子抱怨说。

我生巴哈德尔时难产，大冬天的从盐池到淖毛湖裹着大衣坐了一晚上 55 铁牛拖拉机到医院，差一点没了命，也没有巴哈德尔了。

哈密冬天下午的阳光从窗台反到阳台上，对面的老军嫂讲着她独自一人带孩子的艰辛往事，一次次捂着嘴巴轻轻哭泣。巴哈德尔带着女儿从墙角边移过来，也坐在阳台的小桌前。

他看着母亲，对我说，你看我妈说起过去的时候还是掉泪。

他帮妈妈递块纸巾，说：妈妈，都过去了，别难过。

卡德尔从对面的墙角边又挪动到儿子刚才和孙女坐的位置。他笑着跟掉泪的妻子说，你是受罪了。我是对不起你，可是也没有办法，谁让我们是边防军人。你选择了这个职业你就选择了付出。国有边，边得有人守。我不守边，他不守边，谁来守边？

巴哈德尔的母亲说，他退休后，就对我说，你苦了 20 多年，后面的时间我不让你做任何事，我要一点一点把欠你 20 多年的苦和累都加倍地补偿给你。

退休后的卡德尔，后背的五个脊椎因为上班时的劳累全部变形弯曲、突出。他连站直都直不起来，还想着补偿妻子。刚退休，还能每天三顿饭做给妻子，抓饭、米饭、包子、饺子他都能做。只做了几个月，他就成了家里的退休病人，看病治疗，现在要准备做手术了。他担心手术做不好，就会瘫痪。他不想让妻子再受累，所以一直坚持不去做手术。不去做手术，他就每天忍痛陪着妻子。

因为腰疼，卡德尔总是在墙角变换着坐姿，他挪动一次变换的姿势都很辛苦。他的脸上被夕阳照射出明亮的光，一个英俊帅气的老边防在讲述他所有的过往时，都微笑着，从容着，没有一丝抱怨。他亏欠家人的所有内疚也在他被阳光照射的脸上一层层浮现出来。

我顺着这束光，问老边防，你如此英俊帅气，老了军人的豪气也不减。你从来不对妻子说，我爱你？

卡德尔在夕阳里笑起来，从来不说，我们的话都讲给边防官兵了，对自己的家人很少说话，也不知道怎么说。

大儿子巴哈德尔从小到大就很少跟他讲话。妻子说。

他小时候都不认我，也不叫爸爸。我也一年很少见到他，后来长大了我打电话，接到我的电话，也不说话，把电话转给他妈了，说，妈打给你的电话。

巴哈德尔现在都成了巴所了，习主席都接见过两次了，比你更优秀，你会为他感到骄傲吗？

会，老战友、左邻右舍的见了面会说，老卡，你儿子很厉害，在电视上见到他，习主席跟他握手呢。

那你也不当着巴哈德尔的面夸他：儿子你比爸强。

他仍然笑着，从不夸他。我会对小儿子帕德尔说，你要向你哥学习。

帕德尔四川大学毕业后入伍，他没有跟父母商量他的决定，只跟哥哥巴哈德尔说，他决定进边防了。

巴哈德尔在父亲的讲述里陪着女儿搭建积木。三岁的女儿紧跟着父亲，欢乐地幸福地跟随在父亲身边享受着爱和阳光，不停地用维语跟父亲说笑。积木搭出来是国旗的图案，她高高举起来，小手在那里张扬。巴哈德尔说，女儿不到一岁时就能从许多画片里、电视里认出国旗，只要看到国旗就很兴奋。

穆妮莎从小就是大美女

在我面前的老边防家的第三代，她灿烂的笑容已经回答了我的问题。

巴哈德尔的女儿叫穆妮莎，是他和妻子共同起的名字，是善良、认真、孝顺的意思。他们希望女儿长大的路上，他尽量陪伴女儿，不让女儿有成长中没有爸爸陪伴的缺憾。巴哈德尔刚刚休假，他每天陪着女儿和父母。夏天，媳妇的父母会把穆妮莎带到下马崖的平房住着，多晚，巴哈德尔结束工作都会去看女儿。他把自己成长中父亲不能陪伴的所有空缺都一一回馈了女儿。

我来卡德尔家前，先去了巴哈德尔的家。家在伊吾干休所的院子里，很小的房子，收拾得干干净净，一尘都不染。

太干净了。我一进门就一直夸赞着。

巴哈德尔说，还好吧。妻子在公安上班，忙，也很爱干净。家里的任何东西放的地方一定要顺手能拿到。

家里的摆设没有多余的，没有减少的。每个物品都在舒服的视角里呈现出女主人的生活品味。一张床，一间榻榻米，一间小小的厨房，洗手间，一个不大的客厅。满屋子挂着他们的结婚照，女儿的成长照，从零岁到三岁。

结婚五年后，巴哈德尔带着妻子去三亚旅游度蜜月，刚到几天，一个电话就把他从天涯海角唤回冰雪世界。在三亚推窗就能看见蓝色的大海，听到海浪拍打沙滩的声音，看到椰树上挂果的画面。他和妻子迷醉在这样的风景里，他说生活真美好。这是他第一次带着妻子补偿蜜月。虽然中断后面的行程，他觉得，至少给过妻子这样浪漫的一次现场。

从巴哈德尔的家到父母的家，两代边防官兵相隔20多年的边防路又重叠在一起。两代边防官兵在没有交流的语言里都互相读懂了对方，一个是父亲，一个是儿子。

弟弟帕德尔每天会给父母打电话问好，每次回家首先回父母家看看两个老人。一家两代，一个父亲，两个儿子，都是边防军人。

在哈密沁城边防派出所见到帕德尔，我问他：一个川大的土木工程专业的大学生在最基层的边防呆着，会感觉自己被浪费掉了吗？

仍然是家族式的笑容，从他的父亲、哥哥，到他，笑容都没有改变。他说，老百姓修房子时，会告诉他们，房子设计方面怎么坚固，怎么好看。专业上的知识在基层还是能派上用场。

在很少下雪的哈密，沁城的雪似乎大了，扫雪推雪，大家都在忙碌着。周边都是居民的房子，大雪把所有屋顶遮盖，看不到房顶的颜色。大雪遮盖的雪野里，帕德尔的笑容一直从沁城的边防派出所发散到哈密那个下午有阳光照耀的阳台上。

全家人为边防事业奉献牺牲了许多

她的母亲在这片阳光里，一直坐在同样的位置，给我叙述着两代边防军人的守边故事。她叙述的时候，老边防丈夫卡德尔坐在墙角边，她的儿子巴哈德尔和孙女穆妮莎在她面前搭建童年的积木。搭建好的积木上有国旗，有太阳，有星空，有这个家庭里两代边防的所有故事。

幸福的三代人，两代边防军人。巴哈德尔结婚两年后才补的结婚照，五年后才跟妻子一起补蜜月旅行，旅行五天又因工作返回单位。母亲用 20 多年的守候等待着丈夫回家，又用退休后的人生带着孙女等待着边防的儿子回家。一个把一生都付出给边防的妻子和母亲在黄昏的夕阳里一点点给我说过去的时光，眼角的泪光在夕阳里飞逝又闪回，那是一个女人青春飞逝的岁月，坚守的岁月。

# 附录

## 打动你的九封信

### 第一封信

可爱的姑娘：

我一直这样认为：愿意嫁给军人的姑娘一定是可爱的姑娘！所以让我这样称呼你吧。

先做个自我介绍吧：我叫"军嫂"，"嫂龄"13年，我的丈夫是一名现役军人，我是一个9岁男孩的母亲，我是上班一族。我想，做完了自我介绍，你可能才能相信我说的话，也更能理解我说的话。

可爱的姑娘，我想问问你，准备好做军嫂了吗？真的准

备好了吗？请允许我提几个问题，你在心里默默地回答一下，好吗？

谈恋爱时，别人都花前月下，天天见面，而你的他因为工作原因，可能很少与你见面，特别是在你需要他的时候，他可能也只能在电话里给你安慰和支持，你能接受吗？

准备结婚了，你的他可能没时间去布置婚房、安排婚礼的细节，这时候可能需要你事事亲力亲为，你愿意吗？

结婚了，你的他可能没时间去度蜜月，你能接受吗？

婚后的生活中，你的他不能天天陪着你，可能要几天、一周、一个月、几个月甚至一年半载见一面，你自己一个人在家可以吗？

有了孩子了，你的他真的没有太多时间来照顾孩子，没有时间帮你分担一切，需要你一个人喂养孩子，需要你一个人半夜带孩子去看病，需要你做好本职工作的同时带好孩子，你会

有精疲力竭的时候，你会有满腹委屈的时候，你会有泪流满面的时候……你能挺过去吗？

……

当然，上面一切假设有一个前提：你的他爱你，深深地爱着你，有这样的爱作支撑，你一定可以一路走来，对吗？

可爱的姑娘，不是嫂子吓你，我只是想让你提前看到一些军婚中的现实生活，想让你提前有一个心理准备，想让你的军婚生活更顺利，更美好！

可爱的姑娘，别害怕，我相信只要你的心中有爱，你就一定会更加坚强、更加勇敢，成长为一名真正的军嫂！

可爱的姑娘，我相信，只要你心中有爱，你就一定能耐得住寂寞，守得住幸福！

可爱的姑娘，最后送你一首诗，我们共勉：

致橡树

我如果爱你——/绝不学攀援的凌霄花，/借你的高枝炫耀自己；

/我如果爱你——/绝不学痴情的鸟儿，/为绿荫重复单调的歌曲；

/也不止像泉源/常年送来清凉的慰藉；/也不止像险峰，

/增加你的高度，/衬托你的威仪。/甚至日光/甚至春雨

/不，这些都还不够/我必须是你近旁的一株木棉，

/作为树的形象和你站在一起。

/根，相握在地下；/叶，相触在云里。

/每一阵风吹过，我们都互相致意，/但没有人/听懂我们的言语

/你有你的铜枝铁干，/像刀像剑也像戟；

/我有我红硕的花朵，/像沉重的叹息，/又像英勇的火炬

/我们分担寒潮风雷霹雳；/我们共享雾霭流岚虹霓；

/仿佛永远分离，却又终身相依

/这才是伟大的爱情，/坚贞就在这里

/爱/不仅爱你伟岸的身躯，/也爱你坚持的位置，/足下的土地。

祝福你，可爱的姑娘，可爱的准军嫂！祝福你，永远幸福！

嫂子

2016年1月3日书

（作者：李翠莉　银行职员、军嫂）

# 第二封信

亲爱的：

提笔就想对你说一句，想你了。

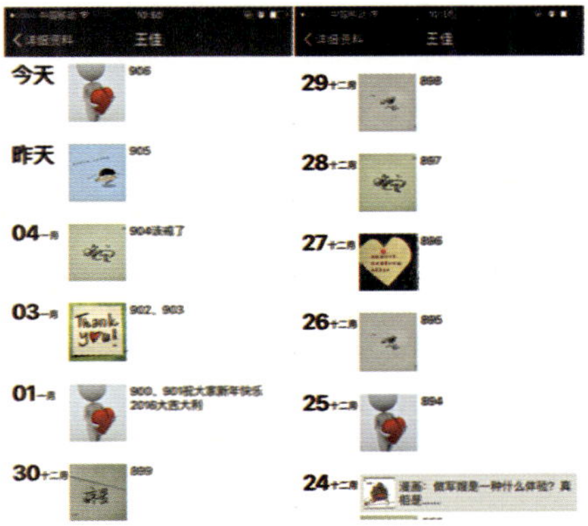

细心的王佳每天记下和李天的爱情成长

我已经213天，5112个小时，306720分钟，18403200秒没看见你的脸，没牵起你的手了。你有没有想我呢？家里一切安好，你放心。

可能是许久未见你，这些天总回忆起咱们以前的时光。还记得，你郑重其事地把国防服役章当作礼物送给我时，深情地握着我的手，说：“这是一个军人的标志，也是最珍贵的东西，现在，我把它交给你，因为我已经认定你是我这辈子的伴侣，是我最想保护和珍惜的人，把它交给你，我放心。”

其实，从那时起，我就知道自己肩上的担子更有分量了，但心中却更为你感到自豪。

结婚这两年来，在家里的我，每当遇到点困难，当我照顾重病的妈妈，当我累了，渴了，我都会想象，你在我身边。我都会忍不住给你打个电话，不需要安慰的话语，也不需要忏愧的歉意，我只是想听听你的声音，听听声音而已。一开始，我就只是抱怨你不陪我，任性地让你请假回来看我、陪着我，和我一起尽尽孝心，照顾母亲，可你总是一遍遍解释说单位忙，

实在抽不开身，不停地哄我。

有几次，电话一接通，刚听见那声“喂”，我的眼泪就忍不住滴下来，我拼命忍着，忍着，就是怕你担心。可还是忍不住越哭越伤心，最后变成嚎啕大哭，我多想告诉你，我是如何一个人在半夜三点把病重的母亲从五楼背到路边打车；我多想告诉你，我是如何一个人背着一麻袋的白菜和土豆到家；我多想告诉你，我是如何在手指受伤的情况下依然坚持做饭、洗衣、打扫家务。

刚开始，听见电话那头不作声的我，你很着急，不停地问我发生什么事了，让我别哭，后来你听着我的哭声越来越大，也就不说话了，从你的气息中，我知道，你也在抹眼泪。于是，我强打起精神，擦干眼泪，笑着和你说：“老公，我好了，没事了。”然后又很自然地和你聊起家常。

每次到这个时候，你总是会叹一口气，对我说：“老婆，我爱你，让你受委屈了。等过几年就好了，以后家里大事小事都包在我身上，你就好好享福吧。”

后来，母亲还是走了，我也渐渐变得懂事了，不再和你闹，只是给你打打电话，说说开心的事。

我知道，你，是一个好党员，头顶的国徽诠释着你对祖国的忠诚，但你，不是一个好儿子，只有在休假时能和父母亲见上短短的一面；你，是一个好战友，对待朋友时，热心帮助，排忧解难，从不求回报，但你，却不是一个好丈夫，从没陪妻子逛过公园，也没做过一顿饭。

我常常幻想着，和你一起饭后散步，但这终究只能当成一种奢望。在你的心里，装的是边疆的平安，装的是头顶国徽赋予的责任……

但这些，我都不在乎，我深深地懂得，我和所有的军嫂一样，所能做的就是支持，守好家，照顾好家里的一切，当然还有心中那份坚守，坚守住一个军嫂该有的军人情结。

爱不需要任何注脚，我希望和你的爱情就像你所驻守的边塞阿勒泰的山和水一般纯净澄澈，像你热爱边疆的心一样赤诚。希望以后我们的孩子也会像我一样，以你为傲。

爱你的妻

2015 年 12 月

（作者：李天　报社记者、军嫂）

## 第三封信

全体军嫂：

春华秋实的光阴，简单平凡的日子，二十五年的橄榄绿，有着我难以割舍的情怀。作为既是警嫂又是警官双重身份的我，我们可敬的警嫂、可爱的警官们我想对你们说：

因为爱，我们选择了警嫂这个岗位，同时也意味着，选择了艰辛和孤独。

爱情是疯狂的，婚姻是琐碎的，温柔却是永恒的。作为警嫂，我们最漂亮的样子，是对生活的温柔。不用激烈的情绪表达愤怒或是不满，为了我们的颜值，要学会控制情绪，为了活着体面也要挺住不哭，为了自己的腔调也会咽下不诉说。温柔是残酷生活给我们的礼物，温柔不是事，而是你对外界宽厚的一种态度，一种不可缺失的成长，是你一往直前的力量。我们只用文字诉说我们的凡俗生活，至于我们最终把生活过成了什么样子，完全是我们自己的问题。这世间最大的幸福与最深的伤痛，都源自于那一个“爱”字，而温柔可以将幸福无限延长，可以将伤痛安静地抚平。因为我们要给生活一个最漂亮的我，用温柔为爱情掌舵，为婚姻添彩，日子就会越过越顺心了。

因为爱，我们选择了警嫂这个岗位，同时也意味着选择了责任和义务。

在真实的日子里，光有爱是不够的，只有努力也是不够的，我们要用对的方式来爱，我们要学习爱的智慧，还要站在正确的位置上，遵循关系法则，创造真正的幸福关系。那么关系法则的深层奥秘你知道吗？建立成功婚姻最重要的基础是什么？是尊重彼此的父母与家庭。教育孩子喜欢学习的奥秘是什么？是良好的亲子关系。能快乐享有金钱的最大关键是什么？是与父母亲关系良好，能尊重并孝顺父母。有句话说：做最好的自己，那就让我们做最好的警嫂。

其实跟谁结婚都一样，最后你需要面对的还是你自己。对方只是你爱自己的能力的一种反映。当你自己真正进步了，现有婚姻就是最好的。我们找一个什么样的人结婚才合适？一是两个人都不能太完整，个性不能太独立。二是双方在社会功能上有一种互补而非相似。哑巴遇到聋子看起来不错，但不能互补。一个有拯救欲望的男人遇到一个非常依赖的女子会很不错，双方都得到一种心理满足。对我们军人来说，可能还要考虑工作性质和时间的互补。部队的工作性质培养我们的理性—感性，变动—稳定。所以，现实是，军嫂中老师、公务员、医护人员、全职主妇等等比较多。三是价值观、生活观、金钱观、子女教育观相似或相容。社会心理学的研究证明，共同的理想、共同的兴趣、共同的价值观以及宽容和习惯等因素在维持感情中的重要性会与日俱增。我国的传统中有“门当户对”一说，的确有它深刻的寓意，这不是指金钱和权力的对等，而是指两个人的成长环境、从小所受的家庭教育方式及习性等方面的对等，在此基础上形成理想、价值观及宽容和习惯等的相似或相容，这样在婚后的日子里考虑问题的出发点才会相近，才能彼此接纳，允许对方过自己想要的生活，相应地避免了许多夫妻间的冲突。作为军人，可能还要考虑她对你从事的职业

的态度。需要她热爱你的职业。因为军人的职业确实需要家属的支持、奉献。如任务重、管理严、变动大、个人时间少等。

因为神圣，我们选择了边防警官这个职业。同时也意味着我们选择了寂寞、思念。

在婚姻关系中我们始终都是缺失的那一部分。分居两地，怎么才能有效沟通？结婚其实就是合伙，是两个人合起来搭伙，不是合起来发火，很多夫妻之所以怨气重重，甚至两颗心越走越远，发展到积重难返的地步，离异和更换伴侣并不是问题的解决办法，它只不过是把问题延迟了。“更换”或许能带来一时的新鲜感和轻松感，但是摆脱的只是问题的诱因，而不是问题的本身。其实，他们并非没有感情基础，而是他们之间缺乏沟通的艺术。问题是，每当妻子和丈夫谈论自己的麻烦时，丈夫总是本能地给她提供一些解决问题的方案。即便是当时，提供解决方案并不能让妻子的心里好过些，她需要的是他的倾听和同情。丈夫如果能充分接纳和共享了妻子的情绪，妻子觉得自己得到了丈夫深深的理解和情感上的支持，情绪就会得到很大的释放，这才有可能腾出心理空间，做到换位思考。这样的理解和情感上的支持会让妻子感受到安慰和温暖，这才是高质量的夫妻相处之道。

祝我们大家都幸福满满！

一个普通的军嫂

2015 年 12 月

（作者：王晓燕　哈密边防支队，国家二级心理咨询师）

## 第四封信

宝宝：

我是爸爸！你和妈妈都好吗！爸爸想你了！

你在妈妈肚子里过得快乐吗？妈妈今天带你出去逛街了没有？有没有放你喜欢的儿歌给你听？今天在妈妈肚子了做早操了没有？

冬天到了你们娘俩冷不冷，记得冷的时候，要用小手手敲敲妈妈的肚皮，告诉妈妈应该穿厚衣服了，知道不！

爸爸走了这么久，你有没有想爸爸呀？

想爸爸的时候你就用小手在妈妈肚皮上敲两下，用脚踢一下，提醒妈妈你想爸爸了好吗？

爸爸有时间就给你和妈妈打电话，给你讲故事好吗？妈妈说你一听到爸爸的声音就活蹦乱跳，是吗？爸爸现在是有任务在身，不能回家去照顾你，陪你和妈妈逛街，喝茶，听音乐，看电影，给你们做好吃的，你要原谅爸爸好吗？你喜欢白雪吗？今天呀爸爸这里下了好大好大的雪，爸爸和叔叔们刚刚从边境线上巡逻回来。刚刚回到办公室，爸爸想你了就坐下来给你写信，知道吗！爸爸期盼着你健康地成长，平安地降临。爸爸不在你们身边，你可不要折腾妈妈哦！在妈妈肚皮里面乖乖的，每天记得练呼吸，做早操，就像公鸡打鸣一样，定时定点地提醒妈妈吃饭，睡觉，逛公园。还有就是给爸爸打电话哦！呵呵，在家要听妈妈的话，不要惹妈妈生气；妈妈一个人要孕育你，还要照顾爷爷、奶奶和姥姥、姥爷，很辛苦的哦！你明白吗？等到明年的春天爸爸回家等待着你的出生，回去好好照顾你和妈妈好吗！

宝贝乖！爸爸要去出勤了。有时间爸爸给你和妈妈打电话和写信。谢谢宝贝对爸爸工作的理解和支持。

爱你和妈妈的爸爸

2015年12月26日

（作者：李学文　塔城边防支队正连职干事）

# 第五封信

我是一名边防警察，我的爱妻是一名解放军战士，我在新疆伊犁，她在青海格尔木。在部队中，像我们这样长期分居的战友有很多，这些我们都已经习以为常，其中，更多的是思念，再者就是争吵。然而，在理解的基础上，争吵都只是生活中的一个小插曲，因为我们都是军人，争吵之后只能期盼着下一次或者下一年的相聚。

2015年末，我和妻子总算找到了一个平安点，一个小生命的诞生微妙地改变了我们这种时而平静、时而波澜的关系，将插曲转变为乐趣，乐趣的来源也就是我们的平衡点，那就是我的边防宝宝。

我的儿子叫“八一”（注：我和妻子是2014年8月1日结婚登记，所以儿子小名叫“八一”），他的诞生，让我光荣地

晋升了一个等级，是他让我对生活多了一份思考，对军嫂多了一份认识，对父母多了一份愧疚，对家庭多了一份担当。

从妻子怀孕以来，只陪同她做过一次产前检查，未能共同享受孕育生命这个煎熬又幸福的过程，这是我作为丈夫的失职，也是我作为军人的无奈。从她进入产房那一刻，我故作平静地和家人朋友聊天，但一根烟接着一根烟地抽着，难以掩饰我内心那种焦急、激动和期盼的心情，直至护士推着宝宝出来后，一句“母子平安”才让我不安的心稳定下来。看了一眼“八一”，我继续守在手术室门口等待妻子，我认为，那一刻最应该关心的是她。妻子出了产房后，我将提前准备的一束花放在她身边，她递给我一个浅浅的微笑，代表她理解我为什么不能陪在她身边共同体验孕育生命这一过程，其实我知道，在她的心底一直就没有责怪过我。看着她腹部那一道长长的伤口，我更加真切地感觉到母亲的伟大和无私。

从宝宝诞生以来，我们考虑最多的就是“宝宝谁带”的问题。这也许是现在每个家庭中都存在的问题，但作为“双军人”的我们，由于各种原因不能将孩子带到驻地，只能选择把孩子留在山西老家，由年迈的父母负责带孩子，但父母身体不好，真心怕父母心有余而力不足，但父母很是坚定地说：“你们尽管放心地回单位，我们一定管好你儿子。”其实，我更担心的是老两口的身体。一直以来，我和妻子都在部队，家中大小事情都还得让父母操心，现在又给他们增加负担，心底感觉欠父母的太多了。

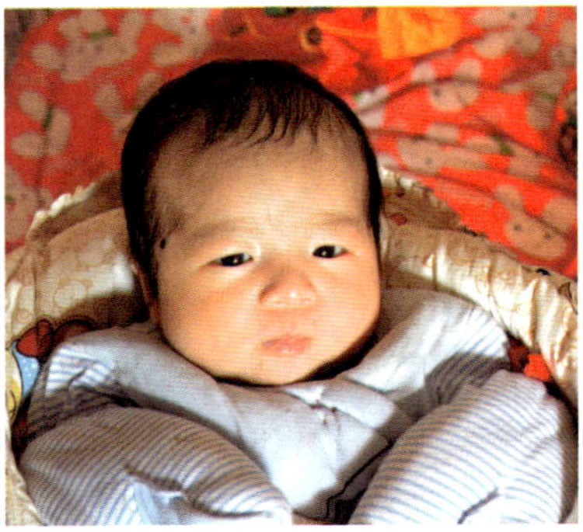

自从小“八一”到家后，我的世界就不分白天和黑夜了，天天围着尿片、奶瓶转，听到他的哭声就像弹簧人一样跳起来，一有时间就钻研育儿经，一天的生活正儿八经的是紧张但无序。半个月的陪护假期就这样一天天过去了，只能依依不舍地返回单位，天天通过手机视频和翻看“八一”萌照来了解他的成长状况，每次翻看照片时都会情不自禁地对着照片傻笑或者自言自语地逗着照片中的宝宝玩，想一想都觉得自己不正常，但又乐此不疲。

有时候我在想，在部队图个什么，既不能照顾父母，也不能呵护孩子，还与妻子长期分居，这样的生活难道就是我想要的么？但在部队待的时间长了，才感觉到对部队的生活存有一份难以割舍的感情，虽然很多时候很无奈，但更多时候是不舍，似乎总有那么一股力量在召唤着你，这也许就是所谓的“使命”吧。

借此机会，我想对默默地支持我的父母和妻子表示真心的感谢，同时，也希望我的小“八一”能够健康快乐地成长。

都拉塔　董红太

2015年12月29日

（作者：董红太　都拉塔边检站指挥中心参谋）

# 第六封信

老爸老妈：

你们好！今天是6月12日，不知不觉从我上次探家归队已经过去了277个日夜，虽然时常可以通电话、聊微信，但儿子还是从心底里想你们，从山东招远到新疆阿勒泰，4200多公里的距离，一尺一寸都洒满了我对家的眷恋，不知老爸的身体最近如何，咳嗽没再发作吧？不知老妈的“阳台菜园”最近收成怎样，看天气预报说老家的气候一直不下雨，特别旱，不知对平常的生活到底有多大影响呢？真的盼望今年的休假赶紧到来，也希望你们有时间能返回阿勒泰看看，听听克兰河的奔流不息，感受下桦林公园的清凉，当然了更要来看看儿子的变化。

时间过得真快，转眼又要到7月份了，又要有一批新的学员走出校门、加入我们的队伍，而我也将工作整整满两年。回想这两年，虽未立功受奖、评上先进，但在领导和战友们的关心帮助下，我也算是不辱使命、有所进步，从观摩学习各位前辈如何写简报到自己的名字出现在《人民公安报》《中国青年报》这样的媒体上，从只要在队前讲话就磕磕巴巴到现在能独立策划活动方案、独立组织官兵和媒体记者开展活动，从对业务知识毫不知晓到现在能自己做课件与大家分享一些学习心得，尤其像我这样从小在县城长大的孩子，现在也能到菜地里完成翻地、打埂子、搭架子以及浇地等等工作，更能到后厨帮忙切切菜，能到狗窝鸡舍打扫下卫生，能到澡堂水房换个喷头换根水管，总之我觉得一线的基层单位给我的锻炼以及我自己从中的收获，都是丰富而多样的，较之军校学习，我觉得自己现在更加接近生活、更加真实全面，我在敬佩强者的同时也希望通过自己的努力，朝着强者的方向迈进。

最近我正在全力承办一项大活动，就是站里的“一训一歌一精神一口号一标识”征集活动，具体来说就是通过征集、总结和提炼战训、站歌、单位标识口号等个性元素，形成我们站的特色旗帜和招牌，虽然任务艇重但我觉得十分荣幸，毕竟我作为一名“非专业选手”在素材整理、思路创新、专业知识和后期加工上都有太多太多的不足，但如果我们站的五项文化特色招牌都是在我这一任宣传文化干事期间定下的，我感觉这是单位给我的莫大信任与无上荣耀！

另外，根据领导安排，再过几天我将第一次代表站里去协作区参加“四会”教员授课比赛，说实话我现在每每想起这项比赛感觉既忐忑又兴奋，之前做课件、做教案都是比较简单，涉及的理论层面都很浅，用到的PPT动画效果也很单一，虽然也有到兄弟单位去看到非常成熟、非常系统的授课课件，但没有亲身经过比赛的对比，我也不知道自己与同岗位的其他人员差距在哪里、差距有多大，现在每天下班我都拿出2个小时看PPT课件制作的教学书籍，然后一遍遍在电脑上动手操作、给自己演示，稍有一点点步骤错误整个动画效果就出不来，所以由衷地感觉高手们真不是一天炼成的，没有时不时逼自己一把的态度就只能止步原地。

这段时间我身体还不错，和领导、战友们都处得挺融洽，虽然每天要种地、要站夜哨，但总体的幸福感还是挺高，特别是最近站里非常注重调整伙食供应，让我们能吃得新鲜、吃得爽口，我也经常在喝老妈给我配的中药药面，血压相比过去稳定多了，加上自己遇事后也慢慢学会调节自己的情绪和心态，不像过去那样大急大燎，所以因为血压高引起头晕的现象已经很少了。站里现在是早晨和傍晚组织体能训练，每周四下午组织测试一次三公里，通过这种日积月累的锻炼，对身体确实还是很有好处的。

其实每次听到你们的声音，真的感慨颇多，我是家里多少年来第一个当兵、第一个穿上这身军装的，从高中毕业到选择武警学院，从毕业到服从分配来到红山嘴，我的每一步走得是那么自然又不可思议。我最大的遗憾就是大四时没有努力，没有考上研究生继续深造，也没有珍惜大学时光多学点东西，到今天了每次一举办活动，看到周围好多战友突然就亮出某项才艺，心里就特别羡慕。我现在能做的就是多学点、多看点、多想点、多练点，毕竟离家这么远，也没能往家寄回一次喜报、没有攒上多少钱甚至连女朋友也没找上。与我同一批次的战友或者在部队院校任职任教，或者已调至总队直属单位，或者成为科里的骨干、队里的领导，更有的领了证，买了房，置了车。如果说没有落差感是假的，而我还是一直在这山坡上的临时营区守望着努力着，但我始终相信天道酬勤、勤能补拙，正所谓“为有牺牲多壮志，敢叫日月换新天”，我不信命我只信实力！

在今后的日子里，我渴望单位能多给我几天探亲假，让我能多陪在你们身边几天。即使我不在你们身边，你们也要好好保重让身体硬硬朗朗。我渴望在我的努力下，我们站能在对外宣传上有所突破，我们“红山嘴边检站”的名字也能像“红其拉甫边检站”一样为大众、为社会所熟知；我渴望能早日邂逅属于我自己的小幸福，组成我自己的小家庭，让我能和一个人分享我的小情绪，不再是翻着电话本而不知打给谁，更不会是忘记了如何去爱忘了如何去生活。我渴望自己能一步一个脚印，改正自己的缺点与不足，不断地做到更好，不再让你们为我担心，不再让你们为我劳累奔波。

时间不早了，就此停笔吧，祝你们身体健康，天天开心！

儿子相坤于阿勒泰

2015年6月12日

（作者：刘相坤　红山嘴边检站综合办公室干事）

## 第七封信

妈妈：

展信佳！

有多久没给你写信了？三年？五年？或者更久？有些平时说不出口的话，或许通过写信来表达是最好的方式了吧。怎么讲呢，我现在有点尴尬，你就放松心情看看。

我不想称呼“您”，我觉得“你”更符合我们之间的表达习惯。人生是一直在选择中度过的，我们各自都有选择的路，如同钟摆，漫不经心地就过去了。对于我的选择，你向来是尊重的，但是当时知道我要调去新疆当兵时，健谈开朗的你立马沉默了。我是个不善于表达的人，虽然你不说，我也知道你很难过，你舍不得我。一个从小生活在南方小城的女孩，转眼便要去西北独自面对生活。虽说这是一种锻炼，但是作为父母来说，千般万般的只有舍不得。送我进连队大院的那一瞬间，你哭了，哭得很凶，毫无保留。这是我第一次看见你哭，而在我印象中向来铁打的你也会哭，内心不震撼是不可能的。和其他母女有些不同的是，我们之间很少有肢体接触，但是那一刻，我不受控制地抱住了你。我埋在你的颈窝里，嗅着陌生而熟悉的体香。你只是抚摸着我的头，手指穿过头发，有几个冰凉的触点，就像儿时般，柔柔

地按着。

我一直认为家人之间相互说些客套话很别扭，一直认为家人之间做的有些事是理所应当的，说出口反而有距离感了。但是在那个时候，或许是排长在旁边站着，你哭得没有听清我哽咽得说不出的话："谢谢……妈妈，谢谢你……"

曾读过龙应台的一篇文章，叫做《目送》，是讲一位母亲送孩子去上学，看着他渐行渐远的小小背影，心生感慨。这么多年来，我留给你和爸爸最多的，或许就是这背影了。小时候每当肚子饿，总会着急地望向厨房里你准备饭菜的背影，匆忙而温馨；而那一天，看着你的背影，何时变得如此娇小，曾经挺直的背因为生活的忙碌而微拱了。我站在连队的大门口，站了很久，看那车开走的方向，回忆就像洪水猛兽，像放映室的胶片，一张一张在我脑海里开始播放，没有暂停。父母与子女间的感动，从来没有轰轰烈烈，但那些看似平凡的小事，早已不知不觉进驻我们的心房。

妈妈，你知道吗，您的女儿不再是以前处处需要你和爸爸呵护的小女孩了，或许是这帕米尔的雪水浇灌了我，或许是这

高原的人感染了我，又或许是这模范单位的感召力，让我懂得了戍边不易，大爱无疆。偶尔会想，等我很老很老的时候，坐在摇椅上慢慢回想，关于你的事情还会记得吗？

我想我会的，因为你是我妈妈。

谢谢你！

女儿

2015年6月20日夜

（作者：陈晓丹　红其拉甫边检站执勤业务三科参谋）

## 第八封信

我生命中的那个"她"：

作为一名边防军人，在面对自己的感情问题上，无论我们是一名边防警官，或是一名士官，或是一名列兵，在每个军人的内心深处都深藏着一段段难忘的情怀，每个人的"遭遇"都有所不同，然而，他们并没有因为自己的儿女私情影响了自己的工作，始终坚强地面对眼前发生的一切，却无能为力去改变什么，唯一剩下的就是自己抚慰那颗颗受伤的心。

我在网上看的一条《阿勒泰结婚到底要花多少钱》的消息（阿勒泰是一个边陲小城，根本与一线二线城市无法相比），虽然也有些调侃，但总的算起来也差不多，消息内容为：房子30万，简装8万，礼金加三金5万，车10万，新婚准备4万。对于我们这样一个上班族，要是按照这个所谓的标准，还真的娶不起媳妇了，不是不想结婚，是压根就娶不起。在我们这里，30岁没有结婚的官兵很多。

对于我们边防军人来说，有个人自由的时间那是一件多么幸福的事。一年一次的休假，看似一个多月，但除去路途又能剩几天呢？特别是基层的官兵们，没有节假日，始终履行的是24小时在岗，平时请个假出去也没多长时间。边防大都处于边境地区，边境一线，有时候出去走好久好久都看不见一个人，这样的地方出去又有什么用呢？导致了官兵们没什么事就根本不会请假，请假一天出去也没出去。

外地农村来新疆当兵的战友们，到这儿本来就是人生地不熟，就不说已经结婚的战友们了，嫂子们大部分都是从老家带过来的，到这儿了没有工作，生活、工作压力也在不断地增加。

我是本地人，今年29岁了，还是单身。家里人都很着急，老是催我找对象。并不是不想找，是我在的地方根本就找不到，而且还不喜欢相亲，导致了一直是单身。

对于自己的感情问题，主要有两段。一段结束于异地恋，一段结束于我给不了她想要的。

那一年，我刚上军校的时候回阿勒泰，在一次聚会上认识了一个女孩，然后在接下来的联系中确定了关系。每年见面只有两次，一次寒假，一次暑假。她有她的工作，我还要上学，在我们之间唯一联系的方式就只有打电话。有人说，异地恋就像是手机里面养的宠物，只能想想了，这话有点滑稽，但是很现实，而且我们的时间根本不属于自己。

你能多一点时间陪我吗？

在我最需要人陪的时候，你在哪里？

你什么时候回来？

每次都说等我回去！

这样的抱怨经常在我们之间出现，也为后来的分手埋下了隐患。

3年后的一天，就在快要毕业的那年，她提出了不想过这样的生活了。我们之间没有争吵，没有挽留，因为我知道挽留是没有任何意义的，我给不了她想要的陪伴和时间。

第一次分手后，我又遇到了一次爱情。

她是一名大学生，还没有毕业的时候我们恋爱了。说起来也真的很可笑，在她快要毕业的时候，我们又分手了。原因理由很简单，我给不了她想要的房子、车、陪她的时间。

没有房子，我们结什么婚？她说。

这只是暂时的，单位的可以先住啊！我回答。

我不想那么累，有房子、有车，我毕业咱们就结婚！

这句话听得我很难受，当时我真的在想，你是嫁给我还是嫁给房子和车呢？

第二次恋爱不就，我再次分手。

经过两段这样的感情，让我体会到了社会的现实，并没有我们想象的那么美好。之后被家里人逼迫结婚，也相过几次亲。相亲后的结果同样，社会现实比一个边防军人的婚姻残酷。

除了我遭遇这样的分手经历，身边的官兵也同样。

我们单位的一名士官，有一年春节探亲，准备高高兴兴地回去结婚（之前订婚了）。他们的新房都装修好了，喜帖也发了，一切准备就绪，就等他回家结婚了。

就在他回家准备结婚的前几天，女方家到他家再次要彩礼，说是要3万现金再把女儿嫁过来。这时距离举办婚礼没有

几天了，对于一个士官来说，按照当时的工资，3万已经是他一年的收入，他家里又不富裕，为了这个婚礼基本花完了所有的积蓄，一时到哪里能够找到这么多钱？

你是跟我走呢，还是要钱跟父母走呢？

我们的那名战士一急之下这样问了他的未婚妻。

你没有钱还结什么婚，我跟父母走！

就这样，我的战友婚没有结成。满怀欢喜回家结婚，却换回了这样的打击。他当时什么也没有说，按时回到了单位，直到现在，他仍然还是单身，今年28岁。

边防五色人生：军旅生涯度一年，秋叶黄/天马行空伴一年，星白银/夜色思乡回一年，落日黑/归途遥遥望一年，难路灰/苦修勤学练一年，军中绿/五色无形，人生路/五色有形，军生涯/五星照耀，高旗帜/无怨无悔，行使命。

站在寂寞的边缘，回想那些曾经的繁华喧嚣、灯红酒绿的生活，而现在我只能独自守着寂寞，只有那星空从未改变陪伴着我。窗外的风很大、很冷，刮起了沉睡的雪花，雪花随着风的方向肆意地舞动着自己的舞姿，像是给我们这些寂寞的人上演一场别开生面的话剧。窗外的风声是寂寞的咆哮，还是喧嚣以后的叹息呢？

独自一人静静坐在属于自己的角落里，聆听那熟悉而又伤感的旋律，回忆那年少无知时的梦想，回忆那懵懂之时向往的憧憬，回忆那似曾相识的城市里的喧嚣……寂寞如影随形。曾经的繁华喧嚣现在褪去了华丽的外衣，剩下的是寂寞的躯壳。

回忆里的喧嚣，这都不是喧嚣，是寂寞。是欢乐之后剩下自己独自一人享受着寂寞的孤独。我们能够拿什么证明喧嚣的边缘不是寂寞呢？答案是肯定的，喧嚣过后必会有无边无际的孤独。那些曾经与你共同生活的人，跟随着时间的流逝而慢慢地在记忆的长河之中远去。在每一个特殊的日子里，总会有一些回忆不经意地浮现在脑海当中，但是现在只剩下心中难以平复的情绪。原来喧嚣只是寂寞的残影。

巡边路上，沙漠无路。

巡边、戍边的路很长，要有我们的官兵去驻守，在那没有人烟的边境线上，我不止一次地去过，但是每次我的心灵都会接受大自然的洗礼。看着那长长的边境线、一望无际的沙漠以及那凌乱的灌木群，心里不由得升起对祖国辽阔土地的那份热爱，虽然没有葱葱郁郁的绿茵，没有笔直的柏油路，没有拥挤的人群……但是这里却拥有着那永不变色的守护，拥有着边防官兵的坚守，拥有着那颗永不褪色的爱国之心。

边境线上的每一天，都是我们这些官兵平常工作的一天，巡边的一天。

有一次来了一些外地记者拍摄我们一天的巡边纪实。

我们什么也没有准备，仅仅跟平常一样去巡边。从早晨到晚上，在戈壁沙漠，头顶着炎炎烈日，官兵们嘴唇干裂，汗水打湿了衣襟，一深一浅的脚印在沙漠里被风很快吹平。

记者问我们，去的路都被风填平了，你们怎么回去啊？

没事，路都在我们的心中呢，不会迷路的。

我们的一个战士没有一点担心地回答。我都没有想到我们的战士会用这样的话回答。从记者刹那间长满内容的眼神中，我似乎读懂了他想说什么。

我们普通的一天被记者们用镜头记录了下来。它改变不了什么，我们的每天还将继续，从来都不会改变。

巡边是我们的工作，一天走过了不算很绿的草地，经过了稀疏的灌木丛，穿过了茫茫的戈壁，爬过了黄黄的沙漠，这一切在我的脑海中时时浮现。沿途的风景很美丽，草地上凌乱散落的绿意，灌木丛中迎风绽放的小花，沙漠中四处游弋的灰色“四脚蛇”，脚下随风游动着的黄沙，战士那一身特别的迷彩服。

这是我们平常的一天，我们已经习惯，习惯就成了常态。

只要边关安全，祖国就安全。

一名普通的边防战士

2015年12月30日

（作者：王友波　阿勒泰边防支队恰勒什海边防派出所中尉）

# 第九封信

致我爱的儿子“土豆”：

你的到来，应该说，我们是有缘的，我和你妈妈是幸福的，我们的心灵是相通的，命运是相连的。

我在红其拉甫边检站工作，这是离家最远、离天最近的地方，以前曾想着陪你一起长大，特殊的职业，让我无法实现自己的承诺。作为父亲两年来，没有为你过一个真正意义的生日，细心的姥爷姥姥总是在我休假时候，会把属于19的日子以此纪念。

每次休假总想多陪陪你，可总觉得时间过得特别的快。推开门，看到我的第一眼，你会有点羞涩的样子，小声地叫一声爸爸，不得不说你还是心疼我的，姥爷姥姥做的好菜，你会不客气地全往我的碗里倒——这就是我的好朋友，好儿子，

你，我爱的“小土豆”。

你不喜欢安静，喜欢在姥爷的专座上大闹天宫，喜欢把所有的玩具倒在地上……

休假的日子，我们两个男人，还是能很友好地相处，你滔滔不绝的音符，永远是世界上最美的天籁。我尽量用标准的甘肃普通话，把故事讲得绘声绘色。有时你也会自己拿本书翻看，而且很认真地给我讲述故事情节。

每次和你电话或者视频后，想不完你的趣事，说不尽想你的思绪。你是我血液里流动的生命。为了你，我会付出一切，不惜一切地疼你、爱你。我宠你，但不会盲目地娇惯你。

在生活中，我们是亲人，更是朋友。我希望你将来做一个踏实的人，用一颗善人善己之心，对待身边的人和事。遇事胜不骄，败不馁，要有一种健康平和的心态，只有这样，才能从容面对纷繁复杂的世界。

祝你健康成长！

爱你的爸爸

2015年12月21日

（作者：仲家荣　红其拉甫边检站政治处主任）

# 后记

## 我听到最响亮的一声啼哭

董红太启：2015 年 11 月 29 日 09 时 45 分，爱妻程田诞下爱子，重 3500 克，母子平安！

这个时间距离 2016 年新年还有 32 天。

艾合买提在此报喜：我妻于 12 月 21 日凌晨 06 时 25 分生下了 6 斤 4 两的女儿，母女平安！

这个时间距离 2016 年的新年仅仅 10 天。

两个边防宝宝相隔 22 天，叫“八一”的男孩出生在山西稷山的医院，爸爸董红太在都拉塔边检站工作。叫艾孜扎的女孩出生在哈密红星医院，爸爸艾合买提是哈密淖毛湖边防派出所的外勤民警。他在女儿出生的头一天晚上从淖毛湖赶到哈密，凌晨女儿降生。

这两个宝宝出生时，他们的爸爸都从边防线上赶回来守护在他们降

董红太夫妇与他们的“八一”

生的医院门口。他们比以前的边防爸爸幸福地见证了孩子睁眼看到这个世界的瞬间。

写完“后记”已经是2016年新年的倒计时钟敲响的时候，这个时刻距离我从行走的新疆边防线回到深圳40天时间。40天赶出一部十几万字的书很匆忙，也很着急。而这仅仅是上部书，下部还要继续。

在2016新年来临前，一个叫“八一”的边防宝宝首先来到，我隔着遥远的距离听着他来到这个世界的第一声啼哭是他的爸爸董红太在微信发的视频。

艾合买提夫妇与他们的艾孜扎

视频里的声音还有“八一”的奶奶用山西稷山话说的：哎哟，小嘴张着要吃呢，皮肤还挺白皙的呢。

边防宝宝这个名字是我给孩子们起的，这是我们行走边防线后迎来的第一个边防宝宝。

董红太和艾合买提无疑成为我们边防线行走后最幸福的爸爸。儿子“八一”的小名是董红太和妻子的领证日。女儿艾孜扎是伟大、勇敢、用心的意思，她是艾合买提最爱的宝贝。

从他们开始，以后的边防宝宝出生的时候都有爸爸陪伴他们睁开来到人世的第一眼。后面的边防宝宝会相继出生，包括阿拉山口的范文华政委，涝巴的李学文，叶城的邱士中的宝宝们。

2016，这是一个新年的开始，新生命的开始，新的边防线上的故事开始的时间。

下雪的时候，我爸爸就回家了。

现在是下雪的冬天，在帕米尔高原上把青春献给红其拉甫的孙超远在家乡的儿子孙屹阳，在冬天的下雪天一定能等到爸爸回家，全家过一个团圆的春节。

2016，还有许多的边防官兵没有找到未来的军嫂，他们选择了坚守边防，守卫国门，成了被剩下的一批。这些被剩下的边防官兵一定能找到他心爱的姑娘，也一定有远方的姑娘在某个时间里遥望着她们未来的军人丈夫，当彼此的心门打开的时候，就是他们相守彼此的时刻。

有国就有边，有边总得有人守。在返回南方绿色世界背后的路上，是白雪茫茫的5000多公里的边防线，在零下30多度的寒冷里，是边防官兵们站在风雪中，绿色军装被白雪覆盖，只剩下笔直的站哨姿势和他们远望里凝视的前方。

霍尔果斯的曹强一脸满足地晒幸福

国境之西还在继续，坚守国门的边防官兵的故事也在下部书里继续。

在“后记”的最后，我的眼前是卡拉苏边检站的政委白宝平愧对女儿的泪水，孙超的泪水，是赵强的泪水，是上一代军嫂卡德尔的妻子眼里的泪水，是翠翠黑夜里的泪水，是所有边防官兵、军嫂们存放在眼里很久不肯下落的泪水。

所有的泪水都像水银一样垂直下落，落入我敲打的黑色键盘。

在我们幸福平安的背后，中国海棠叶子的地图已经远离我们。现在的我们在鸡头、鸡尾、鸡腹平安地活着，享受幸福。

愿天下边防宝宝、边防后代、边防军嫂们幸福。

愿所有的护边员和他们的家人、孩子，骑马、骑摩托车行走在边境线上巡边时，能够平安往返，安全到达。

2015 年的岁末，我在新疆的边防线上行走。2016 年的开始，我的文字再次重叠新疆边防线上的行程。

我的窗外是蜻蜓冬眠在红运当头的绿色叶子上，像婴儿的依附。窗内是有史以来我最多最长的采访素材，它穿越了 3 万多公里的新疆边防线。还好，在每一个到达现场前已经把它按点按人物整理好分割开。还好，在行走的旅途中把周围景色行程中的所见发乎于情，发到微信当日记记录。要不，10 个边检站，30 多个边防派出所，200 多个采访过的人，怎么才能不会把他们一个个漏掉？

官兵们用空弹壳编织一份遥远的想念

见字如在现场，所有的行程都像电影在南方绿色的景致里重复着回放。

感谢新疆边防总队在爱民固边十周年的时候为采访《国境之西》提供的所有支持，感谢新疆边防线上所有的边防官兵、军嫂、护边员们，感谢中国财政经济出版社大众出版中心的全体工作人员辛勤的付出，感谢潘飞老师跟随采访并策划编辑图书。

这是全国首部通过作家行走边防线，以公安边防官兵坚守国门的真实故事以及护边员的巡边故事写作的非虚构图书。

所有采访过的未在这本书里出现的边防官兵将在《国境之西》下部书里再述。

# 随行手记

## 西巡雪线最美风采

2015年10月下旬，作为一名宣传干事的我有幸陪同作家航月、中国财政经济出版社潘飞老师一行三人深入总队的北疆、南疆等基层单位采访，历时23天，行程近3万公里。期间，我们共采访了10个边防检查站，20余个边防派出所官兵的感人事迹。一路上，除了震撼，还有感动。

在机场初次见面，简单打完招呼后，两位老师就和我聊起了此次前来采访的目的。鉴于这部反映新疆边防官兵戍边卫国的书图文并茂且体量巨大，此次航月还专程邀请到了此书的编辑潘飞老师全程策划。

聊天中，我获悉航月老师出生在新疆哈密，父母都是江苏人，因援疆来到了新疆。她目前久居深圳，却仍是个地道的“新疆通”。而潘飞老师是首次踏上祖国这片六分之一的热土，一下飞机他就对这里的一切充满了好奇与激动。

在此次采访中，我们三个人说得最多的话就是“下一站继续”！这一路下来，让我更感动的是基层官兵对我们的热情。

我们在阿勒泰边防支队恰勒什海边防派出所采访时，晚上我们3人住在了派出所营区。由于派出所住房有限，派出所的教导员崔国倩安排人员腾出了房间让我们住在了标间，说标间比较安静，方便写稿，派出所的每个房间都有热水器，让我们洗上了热水澡。不仅如此，伊犁边防支队的田峰政委、祖辉支队长，政治处林瑜主任对我们的采访给予了大力支持；阿勒泰边防支队的苟高荣政委专门安排驾驶技术熟练的老驾驶员为我们提供了贴心的车辆保障；塔城的彭刚主任特意抽出周末休息时间给我们介绍单位的宣传重点；博州边防支队的李俊主任还挽留我们在博州多采访几个单位，由于时间原因，我们没能前往；最让我们感动的

李康强在红其拉甫边检站采访

是，结束塔城边防支队的采访，在我们前往阿拉山口边检站的路上，由于到达阿拉山口的时间已经过了吃午饭的时间，我们到达时是将近下午两点半，当我们放好行李，来到食堂后，发现桌上的拌面用保鲜膜裹得严严的，掀开保鲜膜后，饭菜依然散发着热气，和政委范文华、站长王现雷打完招呼后，我们才知道，为等我们吃午饭，站长、政委、副政委、政治处主任他们都没有按时开饭，而是一直在等待我们的到来，这一等就是一个多小时；在伊尔克什坦边检站前哨班，带勤的副站长刘晓波还专门为我们准备了棉大衣；在吐尔尕特边检站前哨班，带勤的副站长张虎为采访提供了无微不至的关怀；在红其拉甫边检站，朱春山政委与刘晓峰站长还安排人员在床头为我们准备了红景天等防高原反应的药品；在卡拉苏边检站，陈云站长与白宝平政委专门为我们讲述起了单位的感人故事；还有克州、喀什边防支队的官兵对我们的采访都提供了无微不至的关心与支持。

在路上，我们一直在路上。一路上，由于此次采访行程路途遥远，我们一天下来要走访好几个单位。这一路下来，让我再次感动的是作家老师的执着。可以说，在此次采访中，基本上除了在路上的时间，我们其他的时间都在听介绍，接触第一线的官兵。航月老师说，这次采访是她经历的最紧张的一次，她以前从来没有一天要采访那么多的人和事。刚开始采访时，航月老师在 A4 纸上写满了密密麻麻的文字，有时候在饭桌上，突然与官兵之间聊起感人的故事，航月老师就拿手机一个字一个字敲了起来，以至于忘记了吃饭。后来她告诉我，她用手机记录的文字就达 2 万多字；尤其是我们在前往帕米尔高原的过程中，因中巴友谊公路在维修，一路的颠簸，再加上高原缺氧，两位老师一点都没有胆怯，一直来到了离太阳最近的地方——海拔 5100 米的红其拉甫边检站前哨班；作为此书的策划者的潘飞老师，是北京大学的博士，他始终在采访中收集和拍摄各种图片，为图书的出版发行做足了准备。还有在他的倡议下建立的微信群“新疆边防图书工作讨论群”，将被采访的所有单位的官兵都纳入其中，还有一部分军嫂。在图书的出版过程中，群里一直在互动，潘飞老师就书名、书名的书法撰写、封面设计等方案征集广大官兵的意见与建议，让图书更加美观，更加接地气，这不得不说是集中了全体边防官兵的智慧而出版的一本图书。在此次采访中，更离不开的是我们总队、总队政治部以及宣传文化处领导的精心策划，是他们的全程指导，才保证了此次采访的顺利完成。

江山代有才人出，各领风骚数百年。新疆边防的确是一座新闻的富矿，驻守在祖国大西北的每一名新疆边防官兵的身上，可以说都有着感人的故事，这里不仅涌现出全国特级优秀人民警察吾斯曼江、十大边防卫士刘宗霖、新疆最美警察张永周、全国十大卫国戍边英模艾尼瓦尔·努尔顿等先进个人，还有被国务院、中央军委命名为模范边防检查站的红其拉甫边检站，全国民族团结先进集体下马崖边防派出所，50多年来辖区未发生越界案件的大黄水泉边防派出所，反恐维稳先锋站盖孜边境检查站等典型单位。还有喀什边防支队龙吉克·卡德尔一家四代戍守边关、塔城边防支队爱民模范杨超带病坚持工作的感人故事。

我很荣幸，作为领队和见证者，向两位老师以及全部读者提供了我们边防如此精彩的感人故事。

新疆边防总队政治部宣传文化处副营职干事　李康强

2016年1月1日

# 编辑手记

## 你们是山河故人

任何编辑拿到需要他和结构、逻辑、文字等作伤筋动骨般斗争的书稿，就跟餐馆中的食客对着面前一盘由来路不明的食材做成的菜肴一样无助且惊慌。我进入出版圈六年整，常遇如此烦恼，不禁思忖：如若一个编辑能冲到出版流程的上游，和作者共同策划、创作、包装、营销一本书稿，那么，付梓出版的那一刻，他 / 她一定会像抱着自家孩子一样感慨万千、爱不释手。

所幸，这本《国境之西》是我——作为策划和编辑——和作者、官兵、军属、当地百姓等一起孕育的一份思想和情怀的结晶。她优雅新生，却体量巨大，全因她的体内包容着我们所能触及的壮美山河与人世醇情。

对于我，新疆的确是“新”的——第一，那块国土以及生活在那里的人们都曾经是我的梦里山河与前世故人，一切都似曾相识，却从未亲涉近望。第二，因为时空的阻隔，兼有新闻媒介的把关、议程设置等技术手段的干扰，脑海中对于边防武警这个特殊群体建立的是某种“刻板印象”。

我庆幸，二十多天的时间，我陪同作者完成了本书所需的全部采访，和所有的官兵一起欢笑或流泪，对这个群体建立了全新的认知；我庆幸，用那只入门级的单反相机抓摄了5000张图片，所以才在后期的编辑过程中，只花了一天多时间就准确地把最精妙的图片嵌入到对应的文字中，那些温暖的面孔和场景仿佛立刻跃然于纸上。

任何情感的萌生，都格外需要语境和场域。在这二十天里，最难忘的是零距离地接触国门和界碑，仰视飘扬的国旗和肃穆的国徽，远眺与邻国接壤的疆土，胸臆荡漾，格外纯粹地热爱不带任何政治、意识形态概念的“我的国”。这些边防战士不是国门和界碑的法定树立者和拥有者，却是道义和职责上的护卫者，他们用青春热血，饱含深情地为界碑上的“中国”二字添色！

如艳羡不已的朋友们所言，我这一行，去到的是许多人一辈子想去却去不了的地方。这一路，在数千公尺高、满是冻冰的达坂悬崖边一路车行，吓出一身冷汗，亲身感知生死悬于一线之间；住到了半夜太阳能耗干，手机信号、网络全都断掉的深山派出所，感知与世隔绝的孤寂；在红其拉甫海拔5000米的前哨班，吃着用特殊高压锅才煮熟的偏硬的饭，感知生活条件的艰难；在南疆过条马路都忍不住左右探望，感知潜在的冲突和风险；在颠沛的中巴友谊路，被震得五脏六腑全都移位……同呼吸，共命运，大概说的就是这种境界。不过，我所经历的，看到的，吃过的苦，相较于书中人物而言，不过是浅尝辄

止。正如路过库地达坂时，分外幸运，无意间看到雪坡上十几只黄羊，欣喜如稚童，我眼中的灵性神物，却是战士们孤独时刻的伴侣，全因我们各自的立场和视角不同。

若没有雪的反映，黄羊的肤色与周遭的黄土、荒草会融为一体，这些生灵便靠这样极具隐蔽性和战略意义的保护色尽量降低被人或狼等敌人俘获的危险系数。同样，这些天遇到的战士，也是一身迷彩服，这是一种职业色，更是一种保护色，当他们在野地里行军，与大自然便浑然一体。当然，从更高层面的政治、社会、军事等视角来说，他们也必须和自己所在的土地、人、环境水乳交融，因为国家需要他们和这里的一切达成“鱼水情”的和谐关系，若非如此，他们便会被海拔四五千米带来的高原反应折磨死，被不同文化背景的各少数民族排斥敌视。许多天来，我所看到的，是他们尽量克服孤岛似的军营生活带来的各种生理和心理的不适，是他们尽量安抚饱受异地分隔之苦的家人时留下的一掬英雄泪，是他们备受社会剧烈动荡的爱情和婚姻观的冲击时发出的一声叹息；我还看到，他们与当地群众打成一片，亲如一家，走访那么多牧民家，看到的都是善良的老百姓发自肺腑地把他们当亲人，每每端出喷香的奶茶、囊等，和他们把谈甚欢，这都是在内陆和城市里罕见的真情。这一行，听到很多边防人自评：我们哪怕睡在这里，都是在作贡献。此言太值得咀嚼一二——若没有他们的到来，这里的国境线会直接暴露在毒品、枪支、疾病、走私品、暴力的威逼之下，这里的居民生活也会更加单一无味。正是他们，给这片本来荒无人烟的地方，增加了几多生气和昂扬的绿意，更向所有的敌对势力形成了强大的震慑。或许，他们终有一天会退役，会像那些黄羊一样，消失在这片土地的视线之外，然而，他们也会在这里的雪地草甸上，留下深深浅浅的足迹供共和国的历史铭记。

二十天，我走过的是一条万里之路，更是一条荡涤心灵、磨练意志的心路，毕生受用，却以感冒和嗓子发炎宣告终结，携带了太多东西回到北京，花费了一个多月才消化完，比如大病一场，咳嗽不止，引发了胃病等其他疾病。更重要的是，经过高原山川湖泊草地等的洗礼与荡涤，整个人的心气大涨，越发追清避俗，少言寡语，尤其不愿与滚滚都市里的红尘俗世纠葛。

此次新疆之行，偶遇野生动物摄影师常佃学，看到了他花三年时间等待才拍摄到的白狐，煞是喜欢。传说中说这生物极有灵性。我想，常老师遇到它，跟我遇到这些官兵一样，都须几辈子修缘得福。因此，回京后还和他们在群里相聊甚欢，保持一份跨越千山万水的联系。

常佃学花了三年时间才拍到的白狐

在编辑加工本书过程中，逡巡于十万文字与千张图片间，我似乎重又踏上那块土地，与那些可敬可爱的官兵、家属把谈甚欢，时常心中怅然，眼里泛潮。所有踏过的疆土都会成为梦里山河，所有直面过的官兵都会成为命里故人。但如电影《山河故人》里某句台词所表达的那样，“不是所有的东西都会被时间摧毁”，在诗意里，我可以横卧在山川大河里，不安分地做一个牧马人，或者复印玄奘、马可·波罗等古人的足迹，我更庆幸，可以动用编辑的“特权”，把一切我认为珍贵至极的元素遴选并植入书中，留待与本书关涉到的每一个人，时时回望。

本书责任编辑　潘飞

2016 年 1 月 8 日